修羅の剣

与力・仏の重蔵4

藤 水名子

時代小説
二見時代小説文庫

目次

修羅《しゅら》の剣——与力・仏《ほとけ》の重蔵4

第一章　紫陽花雨《あじさい》

一

武者窓からは、若者たちの発する小気味よい声音《こわね》と激しく竹刀《しない》を打ち合う音が聞こえていた。

(変わらぬなぁ)

(いや、俺が通《かよ》ってた頃よりずっと盛況だ)

重蔵《じゅうぞう》は思わず目を細める。

下谷御徒町《したやおかちまち》の練武館《れんぶかん》は、当代当主・伊庭軍兵衛秀業《いばぐんべえひでなり》の代になってから建て直された新しい道場で、近づくとまだ真新しい白木《しらき》の匂いがした。

重蔵が入門した当時の古道場には、饐《す》えたような湿ったような、道場独特のにおいが漂っていた。いま思えば、あれは門弟たちの流した汗のにおいに相違ない。決して芳《かんば》しい香りではないが、懐かしい。

真新しい道場も、じきにあのにおいを放つようになるだろう。道場で過ごす時間が、彼の一日の中で最も大切であったあの頃が、若者たちの発する気合いの声を耳にするだけで、忽《たちま》ち甦《よみがえ》ってくる心地がする。

思えばそれは、重蔵にとって最も幸せな時代であった。

その輝かしい日々の思い出の中に、まだ彦五郎《ひこごろう》と呼ばれていた頃の矢部定謙《やべさだのり》がいて、居酒屋の看板娘であった頃のお悠《ゆう》がいて、そして信三郎《しんざぶろう》と呼ばれていた頃の自分がいる。

(いまは、誰もおらぬ)

湿っぽい感傷を振り払うように、重蔵は道場の武者窓に背を向けた。

道場は、重蔵がいた頃よりも更に賑わっていて、門弟の数も百人を超えている筈《はず》だ。江戸の三大道場と言われる鏡新明智流《きょうしんめいちりゅう》の士学館《しがくかん》、北辰一刀流《ほくしんいっとうりゅう》の玄武館《げんぶかん》、神道無念流《しんとうむねんりゅう》の練兵館《れんぺいかん》に心形刀流《しんぎょうとうりゅう》の練武館も加えて、近頃は四大道場とも呼ばれているらしい。

(ぐずぐずしていると、日が暮れる……)

そのまま足を進め、母屋へ向かおうとしたとき、

「戸部《とべ》先生！」

道場の出入り口で重蔵の姿を見かけたらしい年嵩《としかさ》の門弟が、懐かしそうに駆け寄ってきた。

御先手組《おさきてぐみ》の頃は、暇があり余っていたため、代稽古を頼まれれば気安く応じていた。しかし、火盗《かとう》に移ってからはさすがにそうはいかず、道場へ顔を出すことも少なくなった。

だから、重蔵に稽古をつけてもらったということはかなりの年齢——三十そこそこに達しているということだ。そして、その歳《とし》になって未だに道場に日参しているような者には、残念ながら剣才はない、と言っていい。才ある者なら若くして免許を許され、免許を与えられれば、もう道場に足繁く通う必要はないからだ。

「お前……順之助《じゅんのすけ》ではないか」

「はい」

既に稽古着も似合わなくなった三十面《づら》の中に辛《かろ》うじて見覚えのある幼顔《おさな》を見出し、重蔵がその名を呼ぶと、順之助は満面の笑みでそれに応えた。たしか、五十石扶持《ぶち》の貧乏御家人《ごけにん》の息子で、将来は奉行所の同心になりたい、と言っていた。残念ながら、その夢はかなわなかったようだ。

「はい。戸部先生も、ご息災《そくさい》で、なによりでございます」

驚いたことに、三十を過ぎた順之助の目は、十代の頃と同じく、キラキラと輝いている。いや、その少年のような表情故に、重蔵も彼の名を思い出すことができたのだが。

「それに、ご出世なされました。おめでとうございます」

「い、いや……」

少年のようにキラキラした目で見つめられて、重蔵は戸惑った。慣れる、というのは怖ろしいもので、奉行所の与力、などという高位の役職、任じられた当初は相応に有り難がり、栄誉にも思っていた筈だが、いまではすっかり、当たり前のように受け止めている。

だが、重蔵が本来生まれ育った家の家格を思えば、破格の出世なのである。順之助がキラキラした目で重蔵を見上げるのも当然なのだった。

「で、お前はなにをしている、順之助？」

「それが、恥ずかしながら……」

「ん？」

「商家の……婿《むこ》になりました」

「元気だったか」

「商家の婿か。で、どういう生業《なりわい》の商家なのだ？」

重蔵はさほど驚かず、寧《むし》ろ納得した。元々無役の貧乏御家人の子である。裕福な商家の入り婿にでもならぬ限り、暢気《のんき》に道場通いなどしていられるわけもない。

「それがしには、商売のことはよくわかりませぬが、刀や槍などを商っているようです」

「ほう、打物《うちもの》問屋か」

重蔵はいよいよ得心した。

刀や槍を商う店の主人が武家の出であるというのは、よい宣伝になる。但《ただ》し、それなりの腕があれば、の話だが。

(順之助の腕で、よく、婿にと乞われたものだ)

こみ上げる可笑《おか》しさを、重蔵は懸命に喉元で押し殺し、

「よかったではないか」

祝福の言葉をかけるが、

「よくありませんよ」

順之助は忽ち笑顔を消し、冴えない顔つきになった。

「どうした？」

「それが、女房も女房の親も、一日も早く免許をとれ、とうるさくてかないませぬ」

「なるほど」

重蔵は納得した。熱心に稽古に通っているという評判だけを耳にし、婿にしてみたが、免許はおろか、目録にもほど遠い腕前だということが、婚儀のあとに露見したのだろう。仲人口《なこうどぐち》とはそんなものだ。

「せいぜい精進《しょうじん》するんだな」

「はい」

苦笑を堪《こら》えた重蔵の言葉に、順之助は素直に肯《うなず》いた。貧乏御家人の子のくせに、そういうところ、妙に素直で、育ちのよい御曹司《おんぞうし》のような風格がある。そんな憎めない性格だから、蓋《けだ》し婚家では、上手《うま》くやっているのだろう。若い頃よりひとまわり肉付きがよくなったのは年齢のせいもあるだろうが、気苦労もなく、暢気に過ごしている証拠であった。

「で、戸部先生はなんの御用でこちらに？　まさか、代稽古ってことはありませんよね？」

「大先生《おおせんせい》のお見舞いだ」

「では、道場には……」

順之助は目に見えて落胆顔になる。

「まあ、大先生に挨拶したら、あとで顔を出すかもな」

内心の可笑しさを堪えつつ重蔵が言うと、

「あっ」

順之助の満面に忽ち喜色が溢れた。

「お、お待ちしております」

重蔵に一礼をして、順之助は道場の中へと戻って行った。

順之助が重蔵を慕うのは、重蔵の稽古が、順之助にとって最も優しいものであったからにほかなるまい。当時から、《仏《ほとけ》》の重蔵となる資質はあったのだろう。才なき者には厳しくせず、また才ある者でも、将来剣を以て身を立てる必要のない者たちにはあまり厳しくせぬのが重蔵のやり方だった。

逆に、才があり、また将来日常的に剣を手にする可能性のある者たち——町同心や火盗の同心などを親に持つ者には、これでもかというほど、厳しく接した。剣技を磨くことで、将来彼らが命を長らえてくれることを、祈念しながら。

故に、大半の門弟たちに対して、重蔵は優しい師範代であった。

（しかし、まさか、あの順之助がまだ道場に通っているとはなぁ）

そのことの可笑しさを改めて噛《か》みしめたとき、重蔵の視界の端に、黒漆《くろうるし》の立派な乗物が飛び込んできた。

意外なことに、乗物はそのまま門をくぐり、母屋の玄関先まで乗りつける。通常は門前で乗物を降りるのが礼儀だが、格上の者が格下の者を訪問する際には、必ずしもその限りではない。担ぎ手の他に、警護の侍が乗物の前後にピタリとはりついているところを見ても、相当身分の高い武士が来訪したことは明らかだった。

(何者だろう?)

重蔵は当然興味をもったが、その場に足をとめ、乗物の主《ぬし》が家の中へ入って行くのを待った。

心形刀流の祖である伊庭家は、代々剣術の家柄で、凡《およ》そ政《まつりごと》とは無縁な筈だ。そんな家に、黒塗りの乗物で乗りつける身分の高い訪問者とは、果たして何処《どこ》の誰なのか。

(丸に竹……向《む》かい雀《すずめ》か)

重蔵は咄嗟《とっさ》に、乗物の持ち手に施された金箔《きんぱく》の家紋を見た。

だが、その家紋を用いる家の主人《あるじ》を瞬時に想起できるほど、残念ながら、重蔵は事情通ではなかった。

「長らくご無沙汰をいたしまして、申し訳ございませぬ」

恩師の前に座し、重蔵は深々と頭を下げた。

「よせやい、堅苦しい挨拶は――」

だが、先々代当主の伊庭八郎秀長《はちろうひでなが》は、大袈裟に手を振って重蔵の言葉を遮《さえぎ》った。

号は常球子《じょうきゅうし》。伊庭家の当主は、開祖・是水軒秀明《ぜすいけんひであき》からいまにいたるまで、代々号に「常」の字を用いる。

「お加減は、いかがでございます？」

重蔵は顔をあげ、老師の様子を盗み見た。

すぐ横になれるように床《とこ》はのべたままだが、秀長は縁先に出て茶を喫《きっ》している。七十を過ぎてなお矍鑠《かくしゃく》――顔色もよく、髪さえ黒ければ、まるで壮年の男のようである。

（どこが病《やまい》なんだか）

「おれぁ、病なんかじゃねえよ。みんなで、寄ってたかって、人を病人扱いしやがるが、いたって、元気なもんだ。百まで生きるぜぇ」

重蔵の心を見透かしたように常球子・秀長は言い、大口を開けて笑った。

「おめえのほうが、よっぽど半病人みてえな面《つら》してるぜ、信三《しんざ》」

生粋《きっすい》の江戸っ子であるため、言葉つきも伝法《でんぽう》なら、口も悪い。

「どうせ、ろくなもん食ってねえんだろ」

「そんなことはありません」

「いいから、遠慮しねえで、饅頭《まんじゆう》食いな。美味《うま》いぜ」

「はい、いただきます」

苦笑しながら、重蔵は膝元に置かれた茶菓に目を落とした。秀長老、以前は御多分に漏れず大酒飲みだったが、数年前医者に止められてからは甘党に宗旨替えをしたようだ。

（本気で百まで生きるつもりかよ）

思いつつ、重蔵は、最前当主の妻——伊庭家の娘が淹《い》れてくれた茶をひと口啜《すす》った。

当代当主の秀業は養子であるため、秀長と血の繋がりはなく、秀業を養子にした先代当主・秀淵《ひでひろ》もまた、秀長の養子であった。

剣術を生業とする家にとって、才能ある後継ぎに恵まれるかどうかは死活問題だ。

まして伊庭家は、一派を成した開祖の家柄である。

開祖・伊庭惣左衛門秀明《そうざえもんひであき》にはじまり、当代秀業まで、八代に及ぶ伊庭家の家系の中で、実子を後継ぎにしている当主はほんの数人である。男児に恵まれなかったり、仮に恵まれても剣才に恵まれぬ男児であったりした場合、実子をさしおいても、才能ある養子を迎えるのは剣術の家の常識であった。

重蔵も手ほどきを受けたことのある先代・秀淵が僅か四十一歳で急死したため、当時銅四郎《どうしろう》と呼ばれていた婿養子の秀業が、まだ二十歳になるかならぬかという若さで伊庭家を継いだ。

秀業が「若先生」と呼ばれるようになった頃には既に免許を戴き、道場からは足が遠のきはじめていた重蔵だが、それでも何度か、竹刀を交えたことはある。

さすがは、後継ぎにと見込まれるだけのことはあり、重蔵は、十も年下の秀業に、三本のうち一本は確実に打ち込まれて負けた。年長の高弟に恥をかかせてはならぬと思うのか、面や胴は狙わず、必ずといっていいほど出小手《でごて》をとられるのだが、その小手が、骨まで断たれたかと錯覚するほどの鋭さであった。

(これが、一流儀の当主の剣というものか)

重蔵は内心舌を巻いたものである。

ともあれ、その当時からいまに至るまで、秀長老が、練武館の「大先生」であることに変わりはない。高齢故、さすがに道場に出ることはなくなったが、血の繋がりがあろうとなかろうと、伊庭家の中では、なお強い発言力を持つ。

一見、水墨画に描かれた仙人のようにも見えるこの老爺《ろうや》に、かつて幼童の頃の重蔵は、いやというほど痛めつけられた。相手が子供であっても、決して手加減などしてくれなかった。

その頃の恐怖がいまなお身の内に残っているから、秀長の前に出ると、いまでもちょっとした居心地の悪さを感じる。

それ故、先年来、体調が思わしくないようなので、見舞ってやってほしい、と秀業から再三請われても、

（あの爺さんが、容易に死ぬものか）

と思い、なかなか足が向かなかった。

しかし昨日、とある吟味の報告をした折、その去り際奉行の矢部に呼び止められ、

「大先生のお加減が、相当お悪いそうではないか。そのほう、なにか、聞いているか？」

と問われた。

「ええ、たまには見舞ってやってほしいと、銅四郎殿から言われておりますが、何分多忙にて……」

仕方なく、正直に応えた途端、

「なにッ！　恩師が病の床にあると知りながら、多忙を理由に、見舞いも怠っておったのか、たわけッ」

頭ごなしに、叱責された。

「不届きにもほどがあるぞッ」

「はあ、申し訳ございませぬ」

「早速明日にでも、様子をみてまいれ」

「え？　明日ですか？」

「そうだ。どんな様子か、逐一儂《わし》に報告せよ」

例によって、眉一つ動かさずに矢部は命じたが、重蔵は困惑した。

(そんなに気になるなら、自分で行けばいいじゃないか)

喉元まで出かかる言葉を、辛うじて呑み込んだ。

第一、いくら病だと聞かされても、あの悪鬼のような老人に人並みな「死」というものが訪れるなど、重蔵にはどうしても想像できない。だから、

「本来なれば、なにをおいても儂が参上すべきところだが、立場もある故」

言い訳めいた矢部の言葉が、殊更白々《ことさらしらじら》しく聞こえた。白々しい言い訳を聞き流し、奉行の居室を辞去したあとで、だが重蔵は、漸《ようや》くあることに気づいた。

（そうか）

気づくと忽ち、己の迂闊《うかつ》さを恥じずにはいられなかった。

（あの噂が本当なら、お奉行様が練武館……いや、伊庭家に近づくわけにはいかねえな）

それ故重蔵は、本日、練武館を訪問する気になった。そして、

（どうやら噂は本当らしい）

ということも理解した。

先刻伊庭家の玄関口に乗りつけた立派な乗物の主が誰であるか、漸く察しがついたのだ。

近頃は、倹約令の効果もあって、大名や高禄の旗本家の当主でも、ご府内では蒔絵《まきえ》のような豪奢な乗物を用いず、黒塗り一色のものを用いる。大名と雖《いえど》も、老中に睨まれたくはないのである。だが、先刻の乗物は、黒塗り一色とはいえ、引き戸と柄の部分には大名駕籠《かご》のような箔が施されていた。

諸事質素倹約の風《ふう》の中にあっても、多少お目こぼしをしてもらえる者——つまり、老中の側近という立場の者に相違あるまい。

（つまり、ご老中の使者、ということだ）

老師の様子を逐一報告するとともに、このことも、矢部の耳に入れるべきか否か、重蔵は大いに悩んだ。

「そんなことより、信三、おめえ、いい年こいて、まだ独り身《ひと》なんだってな？」

「え、ええ、まあ……」

老人の言葉でつと我に返ったが、重蔵はじっと項垂《うなだ》れているしかなかった。それについては、返す言葉が全くないのだ。

「しょうがねえなぁ。吉原《なか》とか岡場所へは通ってんのか？」

「通いませんよ」

「なに？　独り者のくせに、岡場所へも行かねえのか？」

「奉行所の与力が、悪所《あくしょ》へなど行けるわけがないでしょう」

些《いささ》か憤慨して重蔵が応えると、

「おめえ、女が嫌ぇなのか？」

老人は真顔で問うてくる。

重蔵は当惑し、絶句した。

「女が嫌ぇなのかって、聞いてんだよ。え？　どうなんだ、信三？　女が嫌ぇだって野郎に、女をすすめるほどの馬鹿はねえからなぁ。……いや、いいんだよ、別に、女が嫌いでも。それならそれで、幸せになる道は、いくらでもあるんだからよう」

「い、いえ、お待ちください、大先生、それがしは別に……」

「おめえ、男のが好きなのか？」

「違いますッ！」

「違う？」

「ですから、それがしは別に、女嫌いではありませんッ」

重蔵がたまりかねて言い返すと、

「そうなのか？」

老人はまじまじとその顔を見返したあとで、

「じゃあなんで、女抱かねえんだ？」

真顔で、老人は問うてきた。

「なんでと言われましても……」

重蔵はいよいよ困惑し、言葉を失った。

「まさかその年で、もう役立たず、ってこたあねえんだろう？」

「………」

真顔を装いジッと見つめる老人の目が、異様に嬉しげな光を帯びていることに、俯《うつむ》いた重蔵は気づかない。顔をあげてその目を見れば、揶揄《やゆ》されていることにすぐ気づいただろうが。

四十を過ぎてもなお、女のことでドギマギしている弟子を存分にからかって満足したのだろう。

「ところで、彦五郎は、どうしてる？」

秀長は、ふと口調を変えて問うた。

「お奉行は……」

言いかけて、だが重蔵はすぐに口ごもった。

矢部の置かれた苦しい立場を、一言で言い表すことができない以上、重蔵には、何一つ答えるべき言葉などなかった。だが老人は、そんな彼の心中を知ってか知らずか、終始変わらぬ口調で言う。

「たまには顔を見せろ、と彦五郎に言っとけよ。お奉行さまにご出世したからって、師匠は、死ぬまで師匠なんだからな」

「………」

「そうだろ、信三？　おれぁ、死ぬまでおめえらの師匠だよな？」

「はい」

短く応えた重蔵の声音が微《かす》かに震えた。

秀長は、すべてを知った上で――矢部の立場もなにもかも承知の上で、顔を見せろ、と言っているのだ。戯《ざ》れ言も悪罵《あくば》も、老人なりの照れ隠しにすぎなかった。それがわかるほどに、重蔵の胸には熱いものがこみ上げた。しかし、ここで容易《たやす》く嗚咽《おえつ》してしまえるほど、自分はもう若くはない。そう己に言い聞かせて、重蔵は懸命に堪えた。

「馬鹿、泣くやつがあるか」

「泣いてなど……」

重蔵が言葉に詰まったのは、それ以上一言でも発したら、今度こそみっともない嗚咽になってしまうことがわかりきっていたためだ。

秀長もさすがに、それ以上、重蔵を揶揄しようとはしなかった。

老師は、それきり黙って、縁先から望める景色に視線を投げた。

訪問先に迷惑をかけぬよう、申《さる》の刻までには辞去できるように、ときを見はからってきた。万一長居をして酉《とり》の刻にかかってしまうと、夕餉《ゆうげ》を饗《きょう》されるおそれがあるからだ。

それ故、庭先に射す陽がそろそろ翳《かげ》りはじめていることに気づくと、重蔵は警戒した。ぼちぼち辞去すべき頃おいだ。

　だが、青と白の紫陽花《あじさい》がポツポツと花をつけはじめたさまに一度見入ると、重蔵は容易に腰を上げることができなくなった。

　老師の居室から望む伊庭家の庭なら、もとより重蔵もよく見知っている。蹲《つくばい》の周辺に植えられた紫陽花が満開となり、とりどりに色を変えるようになるまでには、もう少しのときと雨を待たねばなるまい。

　紫陽花は、雨にあたって何度もその花の色を変えることから、心変わりを意味するとして、武家では嫌われることが多い。武士の変心は、即《すなわ》ち「不忠」「謀反」を意味するからだ。

　しかし常球子こと、秀長老は何故かこの移り気な花が好きで、わざわざ庭に植えさせた。

（大先生らしい）

　と思えるようになったのは、重蔵が少年から青年となり、やがて中年の域へと達する過程で、さまざまな春秋を重ねたからこそのことである。

　とかく人の心は移ろいやすい。雨に濡れるたびその色を変える花よりもなお、本当に移ろいやすいのは人の心なのではないか。

その移ろいやすい花をぼんやり眺めているだけで、なんだかホッとする心地がするのは、矢張りそれが、重蔵の最も幸せだった時代の記憶に繋がるものだからなのかもしれない。

二

「折角《せっかく》来たんだ。銅四郎と試合《や》っていけよ」

辞去しようとする際、老人は言ったが、もとより重蔵にその気はない。

まだ子供といっていい歳の銅四郎に、骨が砕けるかと思うほどの小手をくらった苦い記憶は、到底重蔵の脳裡から消えるものではないし、いまではその差は更に歴然としているだろう。順之助には、あとで顔を出すと気安めを言ったが、はじめから道場に足を踏み入れる気はなかった。

「勤めの途中でまいりましたので、奉行所に戻らねばなりません。若先生とのお手合わせは次の機会に――」

「そうか、残念だな」

心底残念そうに秀長老は言い、

「火盗で鍛えられて、さぞかし腕を上げたんだろうな」

重蔵の顔を覗き込んできた。

(だからこそ、道場での試合はできないんですよ)

口には出さず、心の内でだけ重蔵は答えた。

確かに、実戦では数えきれぬほど人を斬ったことで、多少は腕を上げたかもしれない。

だが、それはあくまで真剣を用いる際のことだ。相手の命を奪う必要のない道場の剣術と、確実に相手を殺さねばならぬ実戦とはわけが違う。実戦で鍛えたぶん、寧ろ道場に於いては弱くなっているだろう、と重蔵は思った。何故なら、実戦での強さとは、真剣を用いるからこその強さなのだ。

「いいえ、若先生にはかないませんよ」

苦笑混じりに言ってから、だが重蔵はふと思いついて、

「ときに大先生は、伊賀者《いがもの》と剣を交えたことがおありですか?」

笑い飛ばされることを承知の上で問うてみた。

するとと老人はニコリともせず、

「御庭番《おにわばん》か?」

真顔で問い返してきた。

「御庭番と剣を交えたのか？」

「いえ、御庭番ではないのですが……」

「御庭番以外の伊賀者と、いつどこで出逢うた？」

「それは……」

あまりに真剣な様子で老人が食いついてきたことに内心戸惑いながら、重蔵はしばし思案した。

秀長老は、若い頃平戸《ひらど》藩主の松浦静山《まつらせいざん》侯と親交があったそうだから、或いは御庭番と剣を交えた経験があるのかもしれない。御庭番は、常に諸大名の動向に目を光らせるものである。

「御庭番以外の伊賀者といえば、抜け忍ではないのか？……抜け忍を追うのか？」

「いえ、その……」

なんと言っていいかわからず、重蔵は口ごもった。

まさか、現職の町奉行が絶えず命を狙われていて、金で雇われた伊賀者が襲ってくるかもしれない、などとは、いくら剣の師が相手でも、迂闊《うかつ》に口に出せることではない。迂闊に口走ったことを、重蔵は大いに後悔したが、とはいえ、今更酔狂《すいきょう》で口走ったただけだという誤魔化《ごまか》しは通用しそうになかった。

だから重蔵は意を決し、顔色口調を改めた。

「実は、極秘の任務でございます」

「極秘の？」

「はい。どうか他言無用に願います」

「当たりめえだ」

「如何に大先生といえども、その詳細をお話しするわけにはいかないのですが、いま追っているとある事件に、どうやら伊賀者が関与しているようなのです」

「なるほど」

「ところが奴らときたら、闇の中でも光あるが如く自在に動き、恰《しか》も死せる者の如くに気配を消し、現れたときにはいきなり間合いに飛び込んでいる……そんな者共と、刃を合わせねばならぬ羽目に陥ったとき、一体どうすればよいのでしょうか？」

「ふむ……」

老人はしばらく考え込んでいたが、

「伊賀者は何人だ？　人数はわからねえのか？」

相変わらず、恐いほど真剣な表情で問うてきた。

「さあ…わかりませぬ。人数がわかれば、戦う術《すべ》がありますか？」

「いや、相手が一人か二人なら、腕でも脚でも斬られることを覚悟で立ち向かう術もあるってことよ。心形刀流の開祖・是水軒殿は、手裏剣《しゆりけん》を素手にて打ち落とし、無一なる境地を開いたといわれる御方だからなぁ。心を研ぎ澄ませば、一人や二人の気配はよめるはずだ」

「では、それ以上の人数であった場合には？」

「………」

「伊賀者の数が、それ以上に及んだ場合には、如何《いかが》いたします？」

「そのときは——」

老人は一旦言葉を止め、意味ありげに重蔵を見返してから、

「覚悟するしか、ねえだろうなぁ」

苦笑混じりに言い、

「なにしろ、野生の獣みてえな連中だ。そんなのに大勢でこられるってこたあ、狼の群れに一人で立ち向かうようなもんだぜ。道場で学んだ技なんざ、何の役にもたちゃしねえよ」

言い終えると同時に、自らの言葉を豪快に笑い飛ばした。重蔵もつられて笑いなが

ら、だがその心中では、老人が重大な示唆をくれたことにちゃんと気づいていた。

忍びの者が野生の獣であるなら、戦い方はある。

野生の獣は生きることに貪欲で利に聡く、自らの不利を承知で挑んできたりはしない。不利を承知で死地に赴くのは、人間——死というものに格別の価値を見出す「武士」という生き物くらいなものだ。

(ならば、己の不利を、はっきりと覚らせればよい)

小雨のぱらつきはじめた薄暮の中を歩きだしながら、少しく明るい気持ちで重蔵は思った。


伊庭家を出るとき、傘を借りたのは正解だった。

返しに来るのが面倒だと思い、最初は断ったのだが、

「お持ちくださいませ」

強い口調で、秀業の妻・千草《ちぐさ》から勧められた。

「雨に当たって風邪《かぜ》をひかれたら、お役目に差し障りましょう」

夭折《ようせつ》した秀淵と秀長の娘とのあいだに生まれた娘だが、なんとなく、その有無を言わせぬ強い雰囲気は祖父の秀長に似ていた。

(そういえば、あの娘御も、昔はよく道場に出ていたな)

祖父と父の剣才を受け継いでいるため、筋がよく、男女の体力差が歴然とする年頃までは、同じ年頃の男児をあっさり打ち負かしていた。しかし、体つきが変化し、すっかり女人の体になる頃には、さすがに男子との力の差を感じ、道場には出なくなる。

(だが、女人の体でありながら、あの桔梗《ききょう》というくの一の動きは見事であった。どのような鍛え方をすれば、男に勝る身ごなしができるのか)

ぼんやり考え事をしながら歩いていると、小雨はやがて本降りとなった。

雨のせいで日暮れが早く、まだ酉の上刻だというのに、あたりは既に薄暗い。

雨脚が強くなる中、だが重蔵の足は、無意識に常盤町《ときわちょう》に向いていた。

かつて少年の頃、兄貴分の矢部彦五郎定謙とともに歩き慣れた道を行けば、その先には懐かしいお悠の店があった。

お悠の店「ひさご」は、お悠の死後、その親類だと名乗る者が引き継いだがうまくいかず、売りに出された。もとより、惨《むご》い事件の起こったような店にろくな買い手がつくはずもなく、幾度か店の名を変えたが、結局はどの店も長続きしなかった。

最終的に誰も引き継ぐ者はなく、買い手もつかなかったということを、重蔵は知っている。気になって、お悠の死後もときどき様子を見に来ていたのだ。だから重蔵は、店がうまくいかなかったのは、惨い事件のせいなどではなく、出される料理がどれも不味《まず》かったからだということも知っている。

最後に行ったのが三年前のお悠の命日で、そのとき既に廃屋となっていることを確認してからは、さすがに足を運んでいない。

小上がりと土間の両方に目一杯客を入れても、せいぜい二十人が限度の狭い小さな店だ。建物を取り壊して更地にすれば、小さな家くらいは建てられる。そのうち、惨い事件の記憶も薄れ、悪い噂が消えてしまえば、普通に住まう者が現れるかもしれない。それを見るのは、さすがにつらい。

だから重蔵は、三年前の廃屋を見たときから、ここへは二度と足を向けまい、と決めていた。だが。

(火が点《とも》っている?)

薄闇の先にぼんやり灯るものを見た瞬間、重蔵の脚は、無意識にその明かりへと吸い寄せられた。

(まさか……)

縄のれんの横には、見覚えのある杉玉《すぎだま》も揺れていて、その佇《たたず》まい、まるで重蔵のよく知る店そのものだ。

（《ひさご》か？　そんな馬鹿な……）

縄のれんを跳ねあげて店に飛び込むと、

「いらっしゃいませ」

だが、耳慣れた女の声音ではなく、嗄《しわが》れた男の声が重蔵を出迎えた。

「お一人ですか？」

出迎えてくれたのは、見たこともない五十がらみの中年男だった。襷《たすき》がけに尻端折《しりはしょ》りをしてキビキビと働いている。奥の厨《くりや》に人影はなく、どうやらその男が自分で酒肴を用意し、自分で客に運び、一人で店を切り盛りしているらしい。ギュウギュウに詰めても二十人入るか入らぬかという小さな店だ。一人でも充分切り盛りできるし、父親が亡くなってからは、お悠も一人で店をやっていた。

「一人だ」

「奥へどうぞ」

と男が重蔵に勧めたのは、座り慣れた小上がり席だった。重蔵の身なりを見て、土間の床几《しょうぎ》に座らせるよりは、せめて座敷がよかろうと判断したのだろう。

小上がりには他に客はなく、土間の長床几では職人風の若い男三人が、飯を食っている。一応申し訳程度に三人で一合の酒をチビチビやっているが、酒よりも、丼飯をかき込むほうに夢中になっているようだ。独り者の若い男が飯を食いに来るというのは、安い上に、料理が美味い証拠である。だから、あえて、

「なにができる？」

とは訊かず、

「酒一合と、なにか適当にたのむ」

と注文した。

「へい、ただいまッ」

明るい声音で親爺《おやじ》は応え、すぐに厨のほうへ引っ込んで行った。

三人の若い職人は、重蔵を見て少しく驚いたようだが、それよりも、飯をかき込むことと、雑談とに忙しく、すぐ気にしなくなった。腰掛けた小上がりの畳は真新しく、壁も綺麗に磨かれていることに、だが重蔵は、何故とも知れぬ不安を感じた。

（美味い）

つき出しの昆布鱈《こんぶだら》をひと口食べた瞬間、その懐かしい味に重蔵はしばし茫然とした。

現世《うつしよ》では、金輪際《こんりんざい》味わえぬものと思い込んでいた。元々お悠の父親が得意としていた料理で、お悠がその味を受け継いだ。

二人とも、もうこの世にはいない。

なのに何故、見ず知らずの親爺が、寸分違わぬこの味を再現できるのか。

(そんな馬鹿なことがあるか。俺が、柄《がら》にもなく感傷的になっているせいだ)

故もなく不機嫌になり、手酌で注いだ酒をグイッとひと口飲んでから、また昆布鱈に箸をつける。やはり、美味しい。やはり、お悠の味だ。

「信さん!」

不意の呼び声に驚き、重蔵はつと顔をあげた。

「信さん? 信さんですよね?」

肴《さかな》を運んできた親爺が、小柱の吸い物が入った椀を重蔵の前に置きながら、じっと彼を見つめている。可憐な小動物のように幼気《いたいけ》なその目に、順之助が自分を見たときと同じく、大いなる懐かしさを孕《はら》んだ歓びを見出し、重蔵は戸惑った。少なくとも、見ず知らずの親爺から向けられるべき目ではない。

「え?」

「間違いねえ。やっぱり、信さんだ!」

重蔵の戸惑いとは裏腹に、彼を見つめる親爺の面上には更なる喜色が浮かんでゆく。

(誰だ?)

重蔵は改めて相手の顔に見入った。職業柄、一度でも会った者の顔を見忘れることはない。自信をもって言い切れる。絶対に、ない。しかし、相手は重蔵を、「信さん」と呼んでいる。「戸部様」とか「与力の旦那」とか呼ばれるならまだしも、「信さん」である。重蔵の幼名を知っている者となれば、更に限られてくる。限られた、ごく少数の者なのだ。

だが、いくら考えても、人懐《ひとなつ》っこい親爺の笑顔に見覚えはなかった。

重蔵の戸惑いが容易く察せられたのだろう。

「新吉《しんきち》ですよ」

親爺はあっさり、自ら名乗った。

「新吉？」

が、名乗られてもなお、重蔵には相手が何者であるかわからない。

「お忘れですか。子供のころ、よく遊んでいただいた新吉ですよ」

「………」

「堀に落ちたとき、助けていただいた新吉ですよ」

「あ」

重蔵は忽然と思い出した。

「じゃあ、おめえ、あのときの……」

「はい、新吉です」

と満面の懐かしさで応えられても、重蔵は一層戸惑ってしまう。

遊び相手を求めて町家をうろついていた頃、目の前で、一人の幼児が掘割に落ちた。幼児と一緒に遊んでいた子供らが慌てふためく中、当時六つか七つの重蔵はためらうことなく堀に飛び込んで新吉を助けた。

それがきっかけで、重蔵は町家の子たちの仲間に迎え入れられ、学問所や道場に通う年頃になるまでの数年間を、彼らとともに町家で過ごした。重蔵にとってはなにものにも代え難い、貴重な時間であった。

「本当に、あのときの新吉なのか？」

半信半疑で、重蔵は問うた。

「はい、新吉でございます」

やっと思い出してもらえた、という嬉しさで、更に八割増しの笑顔をみせる新吉を、だが重蔵はどうしても信用できなかった。

（新吉は、俺よりも二つ三つ、年下だったはずだ）

自分より体の小さな幼童だったからこそ、堀の中から容易に救い出すことができた。

だが、いま目の前にいる「新吉」は、自分より十歳以上は年上に見える。すると、

「こう見えて、あたしは、今度正月がきたら、四十になります」

重蔵の疑惑を理解したのだろう。言いながら、新吉の笑顔はさすがに苦いものになる。

「あのとき、信さんに命を救っていただいたおかげで、このとおり、むさ苦しいくそ爺《じじい》になっても生きております」

「新吉」

重蔵は漸く納得し、しみじみとその名を呼んだ。それから改めて、いまは別人としか思えぬ新吉を見つめた。

重蔵やお悠よりも年下だった筈の新吉は、一体どこで彼らを追い抜いたのか。鬢《びん》の毛は薄く、白いものが混じっているし、痩せぎすな顔には皺《しわ》が多く、下手《へた》をすれば老爺のようにすら見える。

ここまで急激に年をとるためには、如何なる人生を歩めばよいのか。

「苦労したんだな」

「いいえ」

苦笑いではなく、心からの笑みを浮かべて新吉は言った。

「苦労ってほどの苦労じゃありませんや」

軽く言い切れるからこその、言葉の重みを重蔵は感じた。

「で、どうしてこの店をやってんだ？」

「買い取ったんですよ。ずっと、自分の店を持つのが夢だったもんで」

「一人でやってるのか？」

「ええ、女房は十年ほど前、流行病《はやりやまい》で亡くなりました」

「子供は？」

「あいにく、恵まれませんで……」

「そうか」

「でも、かえってよかったんですよ。一人きりだったんで、気が楽でした。……働いて、金貯めて、こうしてお悠姉ちゃんの店をやることができました」

「…………」

顔中を皺《しわ》にして微笑《ほほえ》む新吉の顔を、重蔵は改めて見つめ直す。

（どんな暮らしをしてたか知らねえが、いくら買い手のつかねえ店だって二束三文で買えるわけがねえ。苦労して、相当貯め込んだんだろうぜ）

年が明けたら四十ということは、女房を亡くした当時はまだ三十そこそこであった。

その気になれば再婚もできたろう。それをせずに、ただ店を買うためだけに働き続けていたというのだから、

（よっぽど、お悠のことが好きだったんだろうな）

重蔵は確信した。

見た目も可憐で、面倒見がよいお悠のことを、当時の幼馴染みが一途《いちず》に慕っていたとしても不思議はない。

だが、重蔵はそのことを一切《いっさい》口にはださなかった。黙って、新吉の作った煮穴子《にあなご》に箸をつけた。

「美味いよ」

「ありがとうございます」

深々と頭を下げる新吉に、

「お悠の味と同じだ」

とは、あえて告げなかった。

言われれば、或いは新吉は喜んだかもしれない。それがわかっていながら、重蔵は言わなかった。否、言えなかった。

お悠と同じ味の料理を作ることで、お悠の生きた時間を共有しているかのような新

吉に、嫉妬したのである。

三

新吉の店を出る頃には、雨はすっかりあがっていた。

中天——遥かに頭上高いところには、うっすらと十六夜《いざよい》の月が見える。

(彦五郎兄と飲みたいな)

重蔵の足は、無意識に奉行所のほうへと向いた。お悠の味にそっくりな新吉の料理を肴に、些《いささ》か飲みすぎた。

すっかり、酩酊《めいてい》していた。

だから、自然な感情が胸底から湧き上がってくるのを、どうすることもできなかった。

矢部定謙を目の敵《かたき》にする老中の水野忠邦《みずのただくに》が、心形刀流八代当主の伊庭秀業を気に入り、取り立てようとしている、と言う。

改革をおこなう者は常に尚武《しょうぶ》の風を好むものだが、日頃から長めの刀をさし、短めの袴を着ける心形刀流の気風は、そんな老中の好みにもピタリとはまったのだろう。

てようとする。
矢部が心形刀流の使い手だということを承知した上で、彼の師匠筋の家の者を取り立

その噂を耳にしたとき、老中の思考の不可解さに、重蔵を首を傾げた。
「なんの不思議もない。優れた者を登用するのは為政者として当然のことだ。あの御方は、決して愚か者ではない故な」

矢部は平然と言い放ったが、では、愚かではない筈のその老中が、何故矢部のような男を毛嫌いし、刺客を送り込んでまで命を奪おうとするのか。

重蔵には、難しい政局のことはわからない。わかっているのは、矢部定謙という男が、常に己のことなど顧みず、偏《ひとえ》に天下の安泰と庶民の幸せばかりを考えている、ということだ。そんな男を、ただ己の感情だけで殺させようとする者など、小爪の先ほども信用できない。ただ、それだけのことだった。

（彦五郎兄と飲みたい）

ふらふらと酔いにまかせて奉行所のすぐそばまで来てしまってから、だが重蔵は、そこに至る一つ手前の辻で足を止めた。

奉行所——つまり矢部の役宅は目と鼻の先だ。同心の詰め所に当直の者が残っている以外、奉行所の火は既に消えているだろう。

これが数年前――いや、矢部が南町奉行に就任する以前であれば、酔っぱらった重蔵が不意に訪ねて行けば、

「なにしに来た、こんな夜更けに」

とあからさまな迷惑顔をしながらも、矢部は快く迎えてくれただろう。寝惚け眼を擦る妻に、「なにか食わせてやってくれ」と、申し訳なさそうに命じてもくれたろう。

現に、そんなことはこれまでに何度もあった。

だが、今年一月、矢部が奉行職に就く少し前、重蔵ははっきりと釘を刺されていた。

「儂が南町奉行となったとき、そのほうは、決して儂に近づいてはならぬ。剣の同門だからといって、周囲に親しいと思われてはならぬ。職務以外では、決して儂に近づくな」

重蔵はそれを肝《きも》に銘じつつも、内心では密かな不満を託《かこ》ってきた。

老中に嫌われている矢部が何《いず》れ失脚したとき、親しい者も連座の罪に問われる。そうならぬために、重蔵をあえて遠ざけることにした。それはよくわかる。矢部の考えはいつも正しい。わかっている。彼に従っていれば、決して道を誤ることはない。わかってはいるが、しかし、

(仮に誤ったとて、なにほどのことがあろう)

と重蔵は思ってしまうのだ。

子供の頃から親しみ、その人柄を敬愛し、長じては上司に仰いだことを、人生最高の幸福だと感じている。それほどに思える相手と巡り会えたことが、そもそも奇跡なのだ。ならばその奇跡に殉じてなにが悪いというのだろう。

矢部が失脚してその地位を失い、或いは罪にさえ問われることがあるというなら、彼と運命をともにすることに、なんの躊躇《ためら》いもない。どうせ、守らねばならぬひとなど、一人もいない身の上だ。寧ろ、自ら進んで、運命をともにしたい。

それが、重蔵の本音だった。

だが矢部は、それを決して許さぬ。万が一自分が志半《なか》ばにしてこの世から消えねばならぬ羽目に陥ったとき、その志を継げ、と重蔵に命じる。運命をともにするよりずっと酷《むご》い運命を、重蔵に課してくる。

(荷が重すぎるんだよ、俺には)

重蔵は訴えたい。

酒を挟んで向かい合い、そのことについて、とことん話し合いたい。

(飲みてえよ、彦五郎兄……)

重蔵は足を止めた場所でしばし逡巡し、結局は踵《きびす》を返した。

矢部の身辺には、常に老中の目が光っている。迂闊な行動は控えねばならない。熱く激している心の一方で、正気を保てる醒めた自分のいることが、重蔵には腹立たしかった。

その腹立たしさを抱えながら歩を進めだしたとき、背中にひと筋、冷たい気配を感じ取った。

（ちっ）

殺気を感じれば、即ち酔いが醒める。

我ながら、因果な体質だと思う。無意識に鯉口《こいぐち》を切りつつ、重蔵は気配がするほうへと足を踏み出した。何処の誰かは知らぬが、南町奉行・矢部定謙を害そうとする輩《やから》を排除するのは自分の役目だ。

殺気の感じられるほうへ、ゆっくりと歩を進めながら、重蔵は、今宵飲みすぎてしまったことを僅かに悔いた。

殺気の数は複数だった。

意外に深く酔いのまわった体では、或いは不覚をとるかもしれない。

（そのときは、斬られるまでだ）

思いつつ、自ら足を速めて殺気への間合いを狭めた。

掘割に映る月明かりが、少しく揺らいでいるように感じられる。

相手が伊賀者でさえなければ、なにほどのことがあろう、と思った。万一伊賀者だった場合には、自分が斬られるしかない。斬られるとしても、ただでは斬られぬ。自分が斬られているあいだに警護の者が駆けつけてくればそれでよいのだ、と覚悟を決めた。

四

梟《ふくろう》の低く啼《な》く声が、年増女の啜り泣きのようにも聞こえる深夜——。

闇が、深い。

まるで、墨を流したような天の色である。少し前まで、うっすらと地上を照らしていた月も、いまは分厚い雲に覆われてしまった。灯を提《さ》げていないので、一寸先もろくに見えない。だから、

「ねえさん、いいかい？」

不意に呼びかけられて、おもんは戦《おのの》いた。

時刻は既に丑《うし》の刻に近い。早起きの板前や棒手振《ぼてふ》りなら、そろそろ床から起き出す

頃おいだ。そんな時刻に表をうろついているのは、大方盗っ人か、それ以上にタチの悪い悪党だろう。これから悪事を働きに行くか、或いはひと仕事終えての帰りか。だからおもんは返事をせず、ただ魂を凍らせて足を止め、恐る恐る振り向いた。

「………」

「手間はとらせねぇよ。すぐにすませるからよう」

男は提灯《ちょうちん》を下げていたが、真《ま》っ直《す》ぐ顔の前に翳《かざ》しているため、影になってよく見えない。だが、声の感じは存外優しげだった。

(お客?)

しかしおもんは半信半疑だった。

十人の男に声をかけても、十人全員にそっぽを向かれるのが常の商売だ。客のほうから声をかけてくれることなど、先《ま》ずあり得ない。

(それが、今夜は二人も?)

そのことの奇異に先ず驚き、戸惑ってから、

(これって、十年に一度の幸運じゃない!)

漸く、おもんは喜んだ。

今夜は三日ぶりで客にありついた。それも、踏み倒しも値切りもせず、きっちり枕

代を払ってくれる上客だった。先払いにしてくれるよう、最初に交渉するが、なかなかうまくいかない。相手も、見世《みせ》に登楼《あが》るほどの金はない、しみったれた客だ。なんとか踏み倒そうとする。そんな相手から金を貰うのは、常に至難の業だった。

「なんなら、前金でもいいぜ」

「ほんとう？」

訝《いぶか》りながらも、おもんは密かに胸算用をする。

おもんの生業《なりわい》は、夜鷹《よたか》と呼ばれる最下級の売春婦だ。今日稼げたからといって、明日もまた稼げるとは限らない。寧ろ、稼げないことのほうが多い。ならば、稼げるときに稼いでおくのが利口だ。

「そこの土手でいい？」

「いや、この先に無人の荒れ寺があるんだ。さすがに、青天井はちょっと、な」

「ふん、見かけによらず、お上品なんだね」

憎まれ口をきくものの、おもんには、依然として相手の顔がよく見えていない。

「親の躾《しつけ》がよかったからなぁ」

低く含み笑いながら先に立って歩き出す男のあとに、おもんは続いた。男の手にした提灯の仄明《ほのあ》かりに照らされ、足下はよく見える。

お上の取り締まりが厳しく、終夜営業の店が減ったため、夜間に市中を出歩く者もめっきり減った。用のない者は皆、木戸が閉まる時刻までには帰宅する。

いまのところ、夜間の外出を禁じるというおふれは出ていないが、用もないのに出歩く者は少ないし、吉原《よしわら》の惣籬《そうまがき》ですら、夜通し騒ぐような客は滅多にいないという。理無《わりな》い事情でどうしても外出しなければならぬ者は、足音を消し、息をひそめて歩く。

おもんも無意識に息をひそめていた。裾が乱れ、緋色《ひいろ》の蹴出《けだ》しと白い脛《すね》が覗いているのは、先刻客をとった際に乱れたせいもあるが、足どりが速まっているためでもある。先を歩く男の足どりが速まっているのだ。

(そんなに早くやりたいの?)

おもんは少しく不安になった。

さっさとすませると口では言っているが、気が急《せ》いているのは女に飢えている証拠である。そういうのに限って、一度では足りず、二度三度としつこく要求してくる。

(しつこい男は、いやだなぁ)

矢張り断って塒《ねぐら》に帰ればよかった、と思いかけたとき、男が足を止め、観音開きの格子戸を低く軋《きし》ませた。

「ちょっと黴臭《かび》ぇが、がまんしな」

男に促されて、おもんは仕方なくお堂の中に入る。男はすかさずおもんの背後にまわり込み、再び背後で格子戸を軋ませる。

ぎぃッ、
と低く、百舌鳥《もず》の鳴くようなその音に、おもんはゾッとした。

男が言うとおり、堂内は黴臭い。多少気になるが、耐えられない、というほどではない。野外で夜露に濡れるよりはずっとましだろう。おもんは自分に言い聞かせた。

おもんはこの稼業に就いてから既に数年が経つ。話に聞いていたとおり、割に合わないどん底の稼業であった。

夜間、路上で男の袖を引き、自ら男に体を売る。かかえてくれる店があるわけではないので、ことをおこなう場所は、自分の塒であったり、このような無人の荒れ寺であったり、手っ取り早く人気《ひとけ》のない草むらであったりする。いつ何処でもことに及べるよう、一畳分の真蓙《ござ》や傘を持参している者もいる。人気のないところで傘を開き、その下で真蓙を広げてことに及ぶためだ。

枕代の相場は約二十四文。当然客層も最悪だ。

公《おおやけ》に売春が認められているのは吉原だけで、その他の場所で女が体を売るのは即ち違法行為にあたる。しかし、世の中には、違法と承知で商売をする輩《やから》が溢れている。どんなに一生懸命働いても、庶民の稼ぎには限りがある。吉原へ通える身分の者など、ほんの一握りだ。世の中の大半の男たちは、安上がりな娼婦を抱いて浮き世の憂さを晴らす。

だが、湯女《ゆな》や飯盛女郎《めしもりじょろう》のような非合法の私娼でも、主人に雇われている娼婦は、五百文以下で抱くことはできない。

主人を持たず、見世にも属さず、単独でそれを生業とする私娼なら、他にも、けころ、船饅頭《ふなまんじゅう》、提重《さげじゅう》などと呼ばれる者たちもいるが、けころは元々浅草《あさくさ》、両国《りょうごく》あたりでお座敷に出ていたころび芸者のなれの果てだし、船饅頭は己の持ち船がなければ商売ができない。武家屋敷の武者長屋や寺院の宿坊など、専《もっぱ》ら一人暮らしの男に料理を届ける名目で訪れる提重は圧倒的に若い女が多かった。

おもんのように、なんの取り柄もなく、元手もなく、若くもない女が色を売って稼ごうと思ったら、最下層の「夜鷹」となる他、術がなかった。

十子沢山《だくさん》の貧家に生まれ、十になるかならぬかという年頃で商家へ奉公に出され、十五のとき、店の主人に手籠《てご》めにされた。それが主人の女房にバレて、逆におもんが責められた。お前が誘ったのだろう、小娘のくせにとんでもない性悪《しょうわる》だ、と罵《ののし》られ、暇を出された。既に二親《ふたおや》はこの世を去っていて実家には戻りにくい雰囲気だったため、口入れ屋に次の奉公先を頼んだが、通常堅気《かたぎ》の商家は、色事が原因で暇を出された者を嫌う。

結局奉公先は見つからず、居酒屋や飯屋の酌婦などをして糊口《ここう》をしのいだ。酌婦は、一応店に雇われてはいるが、客に誘われれば店に無断で春をひさぐこともある。

おもんも、小遣い銭欲しさに、つい誘いにのり、体を売った。

一度体を売ることを覚えてしまえば、あとは一途《いちず》に堕《お》ちてゆくだけだ。ときには悪い男に食いものにされ、岡場所に叩き売られたこともある。ろくなことのない人生だった。

「帯はとかなくていいぜ」

男が、不意におもんの手を摑んだ。

「え？」

その予想外の力強さと摑まれた手の冷たさに、おもんは戦《おのの》く。

「俺は弥吉《やきち》ってんだが、あんたの名前を聞いてもいいかい？」

「おもんよ」

「おもんさんか」

呟《つぶや》く男の顔を、おもんははじめてまともに見返した。足下に置かれた提灯の中の蠟《ろう》燭《そく》の火が、堂内をぼんやり照らしている。

三十がらみでやや痩せ気味ながら、目鼻立ちのはっきりした、なかなかの美男子だ。

（あら、いい男……）

おもんの胸がときめいた瞬間、男は両手をまわしておもんを抱き寄せた。なんでこんないい男が、夜鷹なんかを抱くのだろう、という疑問も抱かせぬその性急さに驚きながら、おもんも自ら男の背に腕をまわす。抱き寄せられた藍弁慶《あいべんけい》の男の胸元からは、うっすら芳香が漂っている。おもんは陶然とそこへ顔を埋める。

「年《とし》はいくつだい？」

「え？」

おもんはつと我に返る。こんなときに女の年を聞いてくる男の気持ちが全くわからない。

「若くはねえよな。三十か？　まさか四十は過ぎちゃいねえよな？」

「………」

耳許で低く囁《ささや》かれた言葉の冷たさが、その手の冷たさ以上に、おもんを凍らせた。

「もういい加減、この世にゃあ生き飽きたろう？」

「な、なに……」

一旦肩にまわされた男の両手が、おもんの首にかけられた。おもんは本能的な危険を感じてその手を逃れようとした。だが、

「こんな汚ねえ商売、いつまで続けてくつもりだよ？」

男の両手は、しっかりとおもんの喉頸《のどくび》を捕らえ、ビクともしない。

「は、離してよ」

おもんは藻掻《もが》いた。

「いい加減、楽になりてえだろ？」

「は、はな…して」

男の両手が容赦なく首を絞めてくる。苦しくて、助けを求める声も途切れる。

「おとなしくしてなよ。すぐ楽にしてやるからよ」

おもんの首を絞めつつ、男はなお耳許で楽しげに囁く。

(だ、誰か……)

気が遠くなる苦しみの中で、おもんの脳裡を、いくつかの顔が過《よ》ぎった。

同じ稼業を何年も続けていると、同業の顔見知りも増える。稼ぎ場を同じくする同

業者は敵なので、到底仲良くはなれないが、稼ぎ場が違えば同じ稼業の仲間である。この数年おもんは、そういう仲間二人と、塒を同じくするようになった。おしまとおみねという、おもんと同じ年頃の女たちだ。ともに、帰りを待ってくれる身内の一人もいない、天涯孤独の身の上だ。このままおもんが塒に帰らなければ、心配してくれるのはあの二人だけだ。だが、

(奉行所に届けてはくれないだろうね)

薄れゆく意識の中で、おもんは確信した。

もしおもん自身が彼女らの立場であっても、奉行所に届けたりはしない。仮に届けたところで、夜鷹の行方など、どうせ捜してはもらえないのだ。

(けど、だったらあたしは、なんのためにこの世に生まれてきたんだよ)

悲しい叫びは、心の中でだけ発せられた。すぐに、底知れぬ闇が訪れた。

男は、おもんが最早息をしていないことを確認して、その細い首から手を離した。

おもんの体は意志を失って力なく床に転がった。堂内には忽ち、おもんが絶命する間際に漏らした排泄物の臭いが満ちた。

五

筵《むしろ》をかけられた女の死骸が番屋から運び出されるのを、重蔵は無言で見送った。殺されてから数日が経過しているらしく、死体の傷《いた》み方は甚《はなは》だしかった。詳しく検死をおこなっても、おそらく、その死因が絞殺死であるということ以外、得られるものは少ないだろう。身につけた着物の感じ、死体が発見された場所が滅多に人の立ち入らぬ荒れ寺のお堂であることから、女の職業だけは容易く知れた。

「夜鷹だな」

「ええ、夜鷹でしょうね」

重蔵の言葉に、権八《ごんぱち》が応じる。

まるで当たり障りのない世間話のようなそのやりとりに、重蔵は内心辟易《へきえき》した。夜鷹と雖《いえど》も、尊い命であることに変わりはない。変わりはない筈なのに、死体をひと目見た瞬間から手もなく襲われてしまう無力感に、どうしても抗《あらが》うことができない。

何故なら、夜鷹と思われる女の死体が何処かで発見されるのは、ほぼ日常茶飯事で、寧ろ発見されないほうが珍しいくらいなのだ。

夜鷹は、商売柄、見ず知らずの男と枕を交わすことになる。ことが終わって、いざ枕代を支払う段になったとき、ごねる男は少なくない。中には、用心棒を兼ねた客引きの男を連れている女もいるが、大半は女の一人稼ぎだ。いくらでも言いくるめて、最終的には力ずくで踏み倒す者も少なくない。

踏み倒すだけならまだしも、虫でもひねり潰すようにして殺してしまう。許し難い行為だが、下手人《げしゅにん》があがることは殆どない。

下手人はおろか、死体の身許《みもと》さえ判明しないことのほうが多い。

せめて間借りでもしていれば、片っ端から長屋をあたればいいが、夜鷹の稼ぎでは店賃《たなちん》を払うことができないため、河原の乞食小屋のようなところを塒にしてることが多い。それでも、仲間とでも一緒に暮らしていれば名前くらいは知れることもあるが、仮に女の名前や歳や生まれ在所がわかったところで、それまでだ。結局、下手人を見つける手懸かりにはならない。一緒に暮らしている仲間が下手人である場合は別として。

「三十くらいかな？」

「ええ、まだ四十にはなってねえでしょう」

「可哀想にな」

「え？」

「堅気の暮らしをしてりゃあ、子供の二人も産んで、その子育てに追われてる頃おいだ。それが、滅多に人も寄りつかねえような荒れ寺で、何処の誰とも知れねえ野郎に殺されちまうなんてよう」

「………」

権八は言葉を失った。

宙を見据えた重蔵の両目が心なしか赤く腫れているように見えたのだ。十手《じって》をあずかる身となって久しい権八だが、見ず知らずの夜鷹の死を本気で悲しめる同心――もとより与力ならば尚更――など、彼の知る限り、一人もいなかった。

（このお方は、心底お優しい。まさしく《仏》だ）

権八は改めて、それを認識した。

同時に、それ故の重蔵の苦悩を思うと、自分でも戸惑うほどに胸が痛んだ。

権八の前身は、他の多くの目明かしと同じく、悪さが過ぎて捕らえられた破落戸《ごろつき》のヤクザ者である。喧嘩で傷つけた相手が運良く死ななかったおかげで、お咎めなしを餌に、町方の手足として働くことを義務づけられた。まさしく雀の涙ほどではあるが、お手当ても貰える。

以来、身を粉にして勤めを果たしてきたつもりだが、そんな目明かしの労を本気でねぎらってくれたのは、重蔵の他には、数えるほどの者しかいない。

当然、権八は重蔵に対して全幅の信頼を置いている。

(この旦那なら、もしかしたら、夜鷹殺しの下手人だってあげてくださるかもしれねえ)

「旦那」

それ故権八は、

「女の身許を調べましょう」

殊更力をこめた口調で言い、重蔵の返答を待った。

「そうだな」

だが、重蔵の反応は、権八の予想に反して存外薄いものだった。

「今月に入って、夜鷹殺しは、これで三件目ですぜ」

「ああ、先月も五件ほどあったか」

口調を変えずに重蔵は言い、権八を更に落胆させた。

もとより、権八に、重蔵の心の奥を覗き見る術はないし、いまから十年以上も前、重蔵の身に起こった悲劇を知るはずもない。

非道な極悪人の手によって最愛の女を奪われた重蔵は、それ以来、女が犠牲となる犯罪に対してはひどく敏感になる。それが、どのような種類の女であっても、女が無惨に殺されるなどということは、絶対にあってはならない、と思っている。それ故可哀想な女の死体を目にすると、つい感傷的になってしまう。

そういう重蔵の心の機微《きび》を知らない権八は、見ず知らずの夜鷹の死にも涙する重蔵の優しさを、あだ名のとおり、その《仏》の如き心根故だと思い込んでいる。権八もまた、優しげな外貌と、世間の風評を鵜呑みにしている者の一人だった。

「せめて、身許がわかるといいんだがな」

権八に対してというよりは、己自身に反芻させるように呟きながら、重蔵は番屋を出た。早朝なのと、殺されたのが夜鷹であるために、他の同心たちはまだ一人も来ていない。同心も来ていない現場に、真っ先に与力が駆けつけるなど、到底考えられない。番屋の番太郎もそう思ったのだろう。終始不思議そうな顔をして、去りゆく重蔵の背を見送っていた。

番屋を出てから、重蔵は一旦自宅へ帰ることにした。

一昨夜は、よりによって奉行所のすぐ近くで、押し込みを働こうとしている盗っ人の一団と遭遇した。白刃《はくじん》を提げて立ち塞《ふさ》がる重蔵に、当然盗っ人どもは立ち向かってきた。

相手はたかが酔っぱらい一人、と侮《あなど》ったのだろう。

だが、一度白刃を手にすれば、重蔵の酔いは瞬時に醒める。

結局、総勢六名を叩き伏せ、半死半生にさせた。酔っているので、手加減ができない。

盗っ人どもをお縄にし、牢へ送り込む前に、自ら取り調べをした。少々痛めつけすぎて、口を割らせるのに手間取った。結局朝までかかってしまい、控えの間で軽く仮眠をとったあとは終日務めに就いていた。

昨夜帰宅後は、疲れきっている筈なのに何故かなかなか寝つけず、何度も魘《うな》された。明け方、漸く眠りにおちたと思ったら、ほどなく夜鷹の死体が発見された旨の知らせを受けた。

故に重蔵は寝不足の上、疲れきっている。夜鷹の件で、喜平次《きへいじ》にも指図をしておきたいところだが、さすがに明日でもいいか、という気になった。

(今日は休むか)

奉行所へ行けば、一昨日伊庭家で見聞きしたことを矢部に報告しなければならない。

昨日矢部はお城に出仕していて、終日戻ってこなかった。今日は終日、奉行所にいるだろう。正直顔を合わせるのも、気が重い。

（だからって、明日も休むというわけにはいかねえしなぁ）

何れ《いず》は顔を合わせることになる。いつまでも逃げているわけにはいかないだろう。

そんなことを考えながら、ぼんやり歩いていたとき、つと、背後に迫る人の気配を察した。

足を止め、相手が追いついてくるのを待った。

「卒爾《そつじ》ながら――」

改まった武家言葉で呼び止められ、重蔵は少しく焦った。

振り向くと、立っていたのは黒の紋付羽織に重蔵と同じく仕立てのよい仙台平《せんだいひら》を着《つ》けた中年の武士である。年の頃は五十がらみ。辞が低く、はじめから顔を俯《うつむ》けているため、どういう顔立ちなのかはさっぱりわからない。

「南町奉行所与力の戸部重蔵さまとお見受けいたします」

「戸部だが、なにか？」

「我が主《あるじ》が、是非とも戸部さまにご挨拶させていただきたいと申しております」

「え？」

相手の意外な申し出に、重蔵は驚いた。

「お手前の主とは？」

「あちらに――」

と、黒紋付の男が目顔で示す方向を顧みれば、二十歩ほど後方に、千石取り以上の武士が用いるに相応《ふさわ》しい黒塗りの乗物が止められている。その形も、箔押しされた向かい雀の家紋も、一昨日目にしたばかりのものであることに、勿論《もちろん》重蔵はすぐに気づいた。

(鳥居《とりい》家の紋だ)

そして忽然と、そのことを思い出した。

「お手前のご主人とは？」

再度問いかけたが、相手は答えてくれず、さっさと先に立って歩き出す。

(鳥居家の主人といえば……)

警戒しながらも、重蔵は仕方なく、それでも黒紋付の男のあとについて行った。

(妖怪《ようかい》――)

そのとき、また忽然と、巷間《こうかん》囁かれているそのあだ名が、重蔵の脳裡を過《よ》ぎった。

第二章　妖　怪

一

「向島《むこうじま》の三囲《みめぐり》稲荷《いなり》の近くの荒れ寺で絞め殺されてた夜鷹、あれは山谷堀《さんやぼり》あたりを塒にしてた、おもんて女だと思います」

淀《よど》みもなく喜平次は言うが、その言葉は、うわの空な重蔵の脳裡を虚しく過《よ》ぎっていった。

（いつもながら、たいしたもんだ）

と喜平次のその素早さには大いに感心し、感謝もしている。

だが、重蔵の言葉を期待して待つ喜平次に対して彼が言えたのは、

「ご苦労だったな」

というおざなりな一言だった。

喜平次は小さな衝撃を受けたのか、しばし言葉を失った。

お座なりに労《ねぎら》ったきり、重蔵はぼんやり縁先に咲く紫陽花を見つめている。

伊庭家の庭に咲いていたものとは些《いささ》か色が違っていて、鮮やかな紫色をしている。

蓋し、お京《けい》の好きな色なのだろう。

以前、紫陽花を好むのは自分が浮気なタチだからだろう、と揶揄《からか》ったら、

「ええ、そうですよ。心変わりしない女なんて、この世にいると思いますか？」

と開き直られ、重蔵は困惑した。

困惑しつつも、同時に、女との他愛ないやりとりが、存外楽しいものだということを知った。

お京が、喜平次の女だなどとは夢にも知らなかった頃のことである。当時重蔵は、お京が、どこかお悠に似ているから惹かれるのだろうと思い、無理にもそう思い込もうとしていた。いま思えば、顔だちも気性も、何一つ似たところなどなかった。うっかり他の女に心を移しかけたことに対して、自ら言い訳をしていたにすぎない。

お京が好きな明るい紫色の花は、雨に濡れるたび、次第にその色を濃くしてゆく。何度も色を変え、やがて、藍《あい》か紺《こん》かの区別もつかぬほど濃く色づいて、そして散る。

そんな風に鮮やかに変われるからこそ——何度も何度も色を変えるからこそ、美しいのだとお京は言った。

「男に惚れるたびに、女はどうにでも自分を変えられるもんなんですよ」

とも。

そう言って微笑んだお京の顔が、菩薩《ぼさつ》のようにも見えたことを、重蔵はよく覚えている。

そのとき、紫陽花とは、まさに、女という生き物そのものなのだということを、重蔵は覚った。

(変わるからこそ、美しいのだな)

大きな雨粒が、矢継ぎ早に天から落ちてきてはまた天に帰る。雨脚の早さが、見る者にそんな錯覚をおこさせるのを、重蔵は一心に見つめている。

「旦那?」

遂に堪《こら》えきれず、喜平次が、惚《ほう》けたような重蔵の横顔に問いかけた。

「ああ」

しかし、重蔵はなお己の思いの中にいる。

喜平次はさすがに苛立《いらだ》った。

「身許はわかっても、下手人の見当はつきませんよ」

「そりゃそうだ。身許がわかっただけでも、充分お手柄だよ」

雨粒を目で追いながら、重蔵は応じる。

権八をはじめ、奉行所の目明かしたちには、女の塒さえ突きとめられなかった。裏の事情に通じた喜平次だからこそ、容易《たやす》く突きとめられたのだ。いや、決して容易くはないのかもしれないが。

「いつも、すまねえな」

「いえ、別に……」

喜平次は気まずげに口ごもった。

別に、己の手柄を誇り、それをもっと称賛しろと重蔵に要求しているわけではない。自分の話を右から左へ聞き流し、なにやら他のことを考えているらしい重蔵のその態度が気に入らないのだ。

殺された夜鷹の身許を調べるにあたっては、喜平次には喜平次なりの存念もあり、いつも以上に張りきって調べた。できれば、死者の身許だけでなく、下手人をあげるための助けにもなれば、と思って走りまわったのだ。或いは、重蔵ならば、他の誰もが馬鹿馬鹿しく思うような事件でも、本気で追ってくれるのではないか、と望みをかけて。

なのに重蔵の、この気のない感じは一体なんなのだ。

「旦那？」

「…………」

喜平次の苛立ちは極に達する。

「旦那ッ」

「な、なんだ、急にでけえ声だして……」

重蔵は驚き、つと我に返る。

不満顔の喜平次が、恐い顔で自分を睨んでいることに、漸く気づいた。

「そんなにおっかねえ顔するもんじゃねえよ、喜平次」

苦笑すると、

「別に、おっかねえ顔しちゃいませんよ。元からこういう面《つら》ですよ」

喜平次もすぐに表情を弛《ゆる》めた。

重蔵とて人間だ。《仏》と呼ばれていても、生身の人間である以上、気が抜けるときもあれば、落ち込んだり絶望したりすることもあるだろう。

だが、それならそうと、言ってくれればいい。一旦は命じておいて、そのことに興味を示さないとは一体どういうことなのだ、と喜平次は思ったのだ。

死人の身許がわかったからといって、別にどうということはないかもしれないが、それだけ調べるために、喜平次はこの三日間、只管《ひたすら》江戸中を歩きまわった。

身許がわかってよかった、一件落着ではなく、折角わかったのだから、そこからなんとか下手人の調べがつかぬものか、一応考えてみるべきではないのか。

それが、少なくとも、嫌な顔一つせず、報酬を要求するわけでもなく働いている喜平次に対する礼儀というものだろう。

もとより、重蔵にも、それはよくわかっている。うっかり聞き流してしまったのは、重蔵なりの事情があってのことだが、それは喜平次にとっては無縁の話。言い訳にはできない。

だから、忽ち威儀を正して喜平次に向き直った。

「で、おもんに、仲間はいるのか？」

「ええ。おしまとおみねっていう夜鷹仲間と同じ塒で暮らしてたようです」

「その女たちは、おもんのことを案じているか？」

「え？」

「一緒に暮らしてた朋輩《ほうばい》が突然いなくなったんだ。心配するのが普通だろう」

「まあ、それはそうですが……」

「まさか、仲間が急にいなくなったというのに奉行所へも届けず、平気で商売を続けていたわけじゃねえだろうな？」

「平気かどうかはわかりませんが、商売しなきゃ、食ってけませんや」

喜平次は困惑した。

まさか、重蔵の矛先《ほこさき》がそんなところに向くとは夢にも思っていなかったのだ。

「だが、それまで一緒に暮らしていた者が、わけもわからず、唐突にいなくなったのだぞ。行方を捜そうと思うのが人情ってもんじゃねえのか」

「それは、そうかもしれませんがね」

うっかり呆れ顔をしそうになるのをひた隠し、喜平次は重蔵の言葉を受け流した。

（結局旦那も、わかっちゃいねえな）

南町に《仏》の重蔵あり、と言われる人情家の戸部重蔵も、所詮は武士だ。それも、そこそこ高禄の。世の中の最底辺に生きる者たちのことは、わかりたくてもわかるまい。

だが、次の瞬間、

「せめて、弔《とむら》いくらいはしてやりてえじゃねえか」

「え？」

しみじみとした口調で述べられた重蔵の言葉に、喜平次は完全に虚《きよ》を突かれた。

「弔い、ですか？」

「身許がわからなけりゃ、無縁仏として一つ穴に放り込まれる。わかってても、身寄りがないなら同じことだ。葬ってやれる墓がねえんだからな。だったら、せめて、線香の一本もあげてやりてえじゃねえか」

「…………」

「親兄弟も、親類縁者もいねえなら、せめて顔見知りの者にでも線香あげてもらえれば、成仏できるんじゃねえのかい。そうでもしなけりゃ、あんまり可哀想じゃねえか」

「旦那……」

「その、おしまとおみねは、おもんのために、線香くらいあげてやってくれるよな？」

「ええ、そりゃあ、あげますよ。あげねえわけがねえ」

喜平次は力強く肯《うなず》いた。

重蔵の意図をはじめて知り、驚くと同時に、身のうちが震えるほど感動していた。

やはり、このひとは《仏》だ、と思った。《仏》でなければ、そんな優しいことを考えつくはずがない。

そんな《仏》の心を一瞬でも疑った自分を、喜平次は、心底恥ずかしく思った。だから喜平次は、

「すみません、旦那、俺、お茶も淹《い》れてなかった。すぐ淹れます。……いや、酒のほうがいいですかね？」

交々《こもごも》と言い訳を口走りながら、立ち上がって、厨《くりや》のほうへ行こうとした。

「いいよ、茶なんか。……酒も飲みたくねえし」

「遠慮しねえでくださいよ」

重蔵が止めるのも聞かず、喜平次が忽ち厨へ向かったとき、カラリと玄関の障子が開いて、

「ただいま」

出稽古に行っていたらしいお京が帰ってきた。

「ああ、帰ったのか」

「どうしたの？」

勇躍厨へ向かった喜平次と、玄関口で出くわしたお京は当然怪訝な顔をする。

「ど、どうもしねえよ。いま、旦那にお茶を淹れようと思ってよ」

「あ、旦那、来てるの？」

聞くなりお京は、重蔵のいる居間を覗き込み、

「すみませんね、旦那、出かけちゃってて」

いつにもまして愛想のよい笑顔を見せる。鮮やかな紫の江戸鹿の子《えどかこ》は華やかなお京の顔だちにはよく似合うが、出稽古に着て行くには些か派手過ぎるのではないか。重蔵は咄嗟《とっさ》にそんなことを思う。

「いや、こっちこそ、留守に邪魔して悪かったな」

「旦那がいらっしゃるって知ってたら、芝居は断ってもよかったんですよ」

「なんだ、おめえ、出稽古に行ってたんじゃなかったのかよ？」

「ったく、あんたは、なに聞いてんのよ。伊勢屋《いせや》の女将《おかみ》さんから森田座《もりたざ》に誘われたって、三日も前から言ってたじゃない」

「そうだっけか？」

「ったく、いつもこの調子なんですからね旦那。人の話なんざ、てんでうわの空で聞き流しちゃって……」

「それにしちゃあ、お京、おめえ、随分とご機嫌じゃねえか。芝居、面白かったのか

い？」

「ええ、そりゃあ、もう——」

とお京はすかさず、重蔵の側に座り込み、

「市川京弥《いちかわきようや》って、いま売り出し中の女形《おやま》が、そりゃあ綺麗でしてね」

「市川京弥？……聞いたことねえなぁ」

「だって、売り出し中ですもの。今日の演目は『千本桜《せんぼんざくら》』だったんですけどね、鮨《すし》屋《や》の場のお里《さと》、蓮《はす》っ葉《ぱ》なのに初々《ういうい》しくて、そりゃ、可愛らしいんですよ」

「そうかい。で、小屋は賑わってたかい？」

「ええ、場末の割には」

とお京は声を落とし、軽く肩を竦《すく》めてみせた。

奢侈《しゃし》禁止令の一環として、この春、中村座《なかむらざ》・市村座《いちむらざ》・森田座の三座が浅草の僻地《へきち》へ移された。本当は全面的に上演禁止にしたいところだろうが、そこまでしてしまうと、庶民の不満が爆発する虞《おそれ》があり、そこは老中もよくよく心得ているのだろう。不便な僻地へ移せば客足が遠のくかと思ったが、どうやらそうでもないらしい。

「それに、お上の目がこわいのか、衣裳やなんかも、わざと古ぼけた感じにしてて、あれで役者に華《はな》がなけりゃあ、見ていられませんよ」

「そうかい。それじゃあ是非とも一度、その市川京弥とやらを拝んでみたいもんだな」

「だったら、一緒に行きましょうよ」

「俺とかい？　喜平次と行きゃあいいだろうぜ」

「だめですよ、あんな朴念仁《ぼくねんじん》。芝居小屋行っても、高鼾《たかいびき》で居眠りするのがおちですからね」

「おい、さっきから、黙って聞いてりゃあ、好き勝手言ってくれるじゃねえかよ」

完全に無視された形の喜平次が、流石《さすが》に色を成して抗議するが、

「なんだい、あんた、旦那にお茶を淹れてさしあげるんじゃなかったのかい」

とにべもない。

「いいよ、茶なんか要らないよ。話もすんだし、俺はもう帰るよ」

重蔵はさっさと腰を上げた。

どうも二人の雲行きがあやしい。こういうときは、早々に退散するに限る。

「え、そんな、あたしの顔見るなりお帰りになるなんて、つれないじゃないですか。……いまお酒の用意をしますから、ゆっくりしてってくださいよ」

お京が慌てて言い募るが、

「いや、酒にはまだ早い。奉行所に戻らなきゃならねえ」

重蔵は言い置いて、さっさと草履《ぞうり》をひっかけ、お京の家を出た。障子戸を開ける際、見送りに立った喜平次の耳許に、

「また来るよ。……喧嘩するんじゃねえぜ」

そっと小声で言い置いた。

喜平次は憮然として、軽く頭を下げただけである。どれほど惚れ合った男女でも、四六時中顔を合わせていれば、うわの空になったり、ぞんざいな口をきいてしまうのも無理はないのだろう。女と暮らした経験のない重蔵には、そんなことすらも羨ましく思えた。

二

お京の家を出てから、重蔵は再び、その男のことを考えていた。
それほど——暇さえあれば考えずにはいられぬほど、先日会った男の印象は強烈だった。少しでも気を抜けば、ひっそりと忍び入ってきて、重蔵の精神を支配しようとする。

その男には、あだ名のとおり、得体の知れぬ底無しの恐ろしさがあった。

その男の名は、鳥居耀蔵《ようぞう》といった。

二千五百石の大身《たいしん》にして、大御所《おおごしょ》の側近。いや、大御所亡きいまは、老中・水野忠邦の側近といったほうがいいだろうか。

伊庭家を訪れた、黒塗りの乗物の主である。

「鳥居だ。見知りおけ」

と開口一番無愛想に名乗った口ぶりこそは横柄《おうへい》だったが、その顔つきは驚くほど柔和で優しげなものだった。

巷間《こうかん》囁かれている「妖怪」というあだ名から想像していたものとは、およそほど遠い。

いや、そもそものあだ名の由来は、彼が、甲斐守《かいのかみ》に任じられた「耀蔵」である故に、その字面を江戸っ子らしくもじったものであり、本人の容姿とはなんら関係ないということくらい、重蔵も知っている。

が、それにしても、数々の悪評とは裏腹に、「妖怪」こと、鳥居耀蔵は、一見したところ、およそいやなところのない男だった。

年の頃は、矢部よりいくつか若く、重蔵よりはいくつか上——四十半ば過ぎ、五十手前といったところだろうか。

「南町与力、戸部重蔵でございます。お初にお目にかかります」

相手の身分を充分考慮し、重蔵は深々と頭を下げた。

「そなた、《仏》の重蔵とやら呼ばれているそうな」

「恐れ入ります」

重蔵は顔をあげず、ひたすら恐懼《きょうく》のていをとった。

相手の思惑がわからぬ以上、こちらの気持ちを覚られるほど危険なことはない。とにかく目を合わさずにやり過ごすのが得策だろう。

「噂は聞いている。皆、よい噂ばかりだ」

「…………」

「矢部殿は、よい部下をもたれた。羨ましい限りじゃ」

「いえ、決してそのような……」

「どのような事件であれ、自ら探索に赴《おもむ》く、と聞いている。その殊勝なる心がけ、見上げたものだ」

「どうか、ご容赦を。それがしのような者には過ぎたるお言葉でございます」

「のう、戸部」

「はい」

「このようなところで立ち話など、無粋だ。折角こうして出逢うたのも、なにかの縁であろう。そうは思わぬか？」

「…………」

「どうだ、一献？」

「え？」

重蔵は驚いて思わず顔をあげた。

どうやら誘われているらしいということには気づいた。当然、本気かどうか疑ったが、この場合、目上の鳥居が、目下の重蔵に対してお愛想や社交辞令を用いる必要は全くないのだ。

「あ、あの……」

とすれば、本気か？

「儂の屋敷はすぐそこじゃ。寄ってゆかぬか？」

「い、いえ、そのような……はじめて御意《ぎょい》を得ましたばかりで、あまりに畏《おそ》れ多うございます」

「なぁに、元々儂は、貧乏学者の三男坊、それも、妾《めかけ》の子だ。なんの畏れ多いことがあろうか」

「………」

自らを嘲《あざけ》る言葉に驚き、重蔵は絶句したが、

「酒は嫌いか？」

気さくに笑ったその顔に、重蔵は更なる衝撃を受けた。

笑顔が、澄んでいる。

常日頃、矢部から感じられるのと同じ類《たぐい》の、知的で、淀みのない笑顔だった。到底腹に一物《いちもつ》ある男のものとは思えない。

「どうだ、初対面の儂と飲むのはいやか？」

「いえ、決して――」

その笑顔につり込まれ、つい応じそうになり、

「身に余る光栄でございますが――」

だが重蔵は、辛うじて間際で踏みとどまった。

「ん？」

「生憎《あいにく》と、お役目の途中でございまして……」

我ながら下手な言い訳とは承知していたが、とにかくこの場を逃れるにはそれしか

ないと思った。

「役目？　この早朝にか？」

「はっ、一介の町方でございまする故、お役目を果たさぬことには……」

「戸部殿」

重蔵を誘った黒紋付の中年の武士が恐い顔をしてその言葉を遮ろうとしたのはもっともなことで、たとえ如何なる役目があろうと、この場合は鳥居の誘いを最優先するべきなのだ。

そのことを充分に承知した上で、重蔵は、

「鳥居様」

威儀を正して言った。

「それがしのお役目など、所詮とるに足らぬ、ちっぽけなものでございます。鼠賊《そぞく》を捕らえ、たかが一人二人の命を救うために、日々身をすり減らしておるのでございます」

「うむ」

「されば、天下のために働いておられる鳥居様からご覧になれば、まこと、小さきお役目なれど、それが、それがしのお役目であります故――」

断固たる口調で重蔵は言い、はじめてまともに、鳥居耀蔵の顔を見返した。

「ご無礼いたします」

一礼し、相手の返答は待たずに、重蔵はそのまま歩を進め、鳥居の乗物のそばから離れた。その凜《りん》とした背が見る見る遠ざかってゆくのを、鳥居も、彼の家臣である黒紋付の中年男も、呆気にとられて見送っていたが、重蔵の姿が、視界の中のほんの豆粒ほどの大きさにまで遠ざかったとき、

「申し上げたとおりでございましょう。融通の利かぬ愚か者でございます」

紋付の男が、さも憎々しげに嘯《うそぶ》いた。

だが鳥居は顔つきを変えず、

「よいではないか。愚か者は大歓迎じゃ」

寧《むし》ろ嬉しげに応えた。

二人のそんなやりとりを、もとより重蔵は夢にも知らない。

知らぬまま、ただ一途に先を急ぎ、この世で二、三番目くらいに恐いと思える男のそばから、一刻も早く逃れたいと思った。あまりに狼狽《うろた》えすぎていて、この早朝から、目付《めつけ》ほどの身分の者が何用あって出歩いているのか、そしてまた何故重蔵と「偶然」出会《でくわ》したのか、奇妙に思う余裕もなかった。

鳥居耀蔵。

元々は、儒学者の林述斎《はやしじゆさい》の三男坊で、しかも庶出《しょしゅつ》であるため、到底出世は見込めぬ身の上だった。

その運が開けたのは、旗本・鳥居家の婿《むこ》養子にまんまとおさまってからである。大御所と呼ばれた家斉《いえなり》が、まだ現職の将軍であった頃に仕え、側近となった。

中奥番《なかおくばん》、徒頭《かちがしら》、を務め、西の丸目付から目付・勝手掛《かってがかり》と順当に出世した。

儒学者の子だからというわけではあるまいが、大変な洋学嫌いで、江戸湾の測量をめぐっては洋学者の江川太郎左衛門《えがわたろうざえもん》（英龍《ひでたつ》）と激しく対立した。江川を失脚させようと企《たくら》み、策謀の果てに、その洋学仲間である渡辺崋山《わたなべかざん》や高野長英《たかのちょうえい》を弾圧した。崋山は陪臣の身でありながら国政に容喙《ようかい》したということで蟄居《ちっきょ》。高野長英もまた幕府批判をしたかどで、伝馬町《てんまちょう》の牢屋敷に入牢させられている。

が、鳥居が最も陥《おとしい》れたかった江川本人は、皮肉なことに、老中に庇《かば》われて無事であった。

その点、矢部も看破したとおり、老中の水野忠邦は、才ある者を正当に評価することのできる男であるらしい。

自らは、老中の懐刀を自負していた鳥居としてはさぞや無念であったろう。他の洋学者への仕打ちは、その憂さ晴らし的意味もあったのかもしれない。

重蔵自身は、学問の世界のことなど与《あずか》り知らぬし、興味もない。

だが、考え方が違うというだけで相手を嫌い、失脚させるためには手段を選ばぬような者を、心の底から怖ろしいと思う。

（そういえばあのお方には、確か、《蝮《まむし》》というあだ名もあった筈……）

己の理解を遥かに超えた存在については、誰かに助言を求めたいと思う。

結局、己の思案に余り、矢部に相談した。気は進まなかったが、他には重蔵の周囲に、鳥居という男を直接知っている人間がいないのだから、仕方ない。

「なに、鳥居が？」

その名を聞いた途端、矢部は案の定険しい顔つきになった。

「如何なるお方なのでしょうか？」

「…………」

「あまりよい評判は聞きませぬが」

「学者の息子だ」

「はい」

存じております、とは言わず、重蔵は根気よく矢部の言葉を待った。

「それ故、学識は高い」

無感情に言い、だが矢部はしばらく口を噤《つぐ》んで考え込んだ。

「あなた様と、どちらが物知りでございます？」

と問い返したい衝動に、重蔵は必死で堪えた。かつて、昌平黌《しょうへいこう》一の秀才と称えられたこともある矢部が認めるのだ。その学識は本物なのだろう。しかし、学識があり、見た目どおり人当たりのよい柔和な人物であれば、巷間噂されている人物像とはかなり違っていることになる。

すると矢部は、

「人の噂の半分は嘘だ」

と、重蔵の心を読み取ったかのように呟いた。

「で、鳥居が自らそのほうに近づいてきたのか？」

ふと重蔵に問うたきり、しばらく気難しい表情で考え込んでいたが、

「そうか、鳥居がそちを……」

口中《こうちゅう》に呟いたときには、その面上に、意外にも明るい笑みが滲んでいた。

「折角のお声掛かりだ。折を見て、お屋敷を訪ねてみるがよかろう」

「え？」

「だいたい、そのほう、目上の者から誘っていただきながら、嘘をついて逃げるとは、無礼であろう」

「別に、嘘をついたわけではありませぬ」

「まあ、よい。一度は挨拶しておいて、損はない相手だ」

「しかし……」

「次の、南町奉行だぞ」

「え？」

「いまから取り入っておいて、損はない」

「お戯《たわむ》れが過ぎまするぞ」

重蔵はさすがに表情を険しくした。

「………」

が、矢部はそれでも明るく微笑んでいた。なにかをふっきったようなその笑顔に、重蔵は言い知れぬ不安を覚えた。

三

「兄さん、一杯どうだい？」

二八蕎麦《にはちそば》の屋台の前を通り過ぎようとしたとき、不意に蕎麦屋から声をかけられた。

永代橋《えいたいばし》の袂《たもと》であるが、人通りは少なく、明らかに喜平次に対して放たれた言葉に相違ない。
二、三歩行き過ぎてから、喜平次はつと足を止めた。
無論、警戒している。

馴染みの客ならともかく、道行く人に気安く声をかけてくるような蕎麦屋は滅多にいないし、ましてや、喜平次のようなとびきりの強面《こわもて》を怖れないとは一体どういう神経をしているのか。

だから喜平次はいつでも後退できるよう背後に細心の注意を払いながら顧みて、屋台の影に覗く蕎麦屋の顔を見据えようとした。

「なにビビってんだよ、兄貴」

「なに！」

相手の無礼な言葉に、喜平次はさすがに色を成した。だが、

「大声ださないで、兄貴。……俺だよ、俺」

蕎麦屋はふと声を落として意味深に囁いた。喜平次はやおら屋台に近づき、蕎麦屋の、その頰被《ほおかむ》りの下の顔を確認して、

「おめえ――」

納得するとともに、軽く驚きの声を発した。

地味な茶紺《ちゃこん》の棒縞《ぼうじま》の着物に白手拭いで頰被りをした蕎麦屋の顔に、無論見覚えがあってのことである。

「なにやってんだ、こんなとこで？」

屋台に近寄り、客のていをとりながら、小声で尋ねる。

「なにって、見りゃあわかるでしょう」

「蕎麦屋に職替えか？」

「お役目の途中に決まってるでしょう」

蕎麦屋――《霞小僧《かすみこぞう》》四兄弟の末弟・与五郎《よごろう》は、さすがにいやな顔をした。

「わかってるよ。冗談に決まってんだろ」

喜平次は破顔《わら》い、

「どうだ、お役目はきついか？」

だが、存外優しい口調で問いかけた。

神業かと思う手際で、警戒厳重な札差《ふださし》の金蔵から易々と大金を盗み取ってきた伝説の盗っ人《霞小僧》も、遂にお縄となった。盗みは働いても決して人を殺《あや》めなかったところを見込まれ、また三人の兄たちを無罪放免してもらうことを条件に、末弟の与五郎が火盗の密偵になったということは、重蔵から聞かされている。

同じ密偵でも、凶悪犯ばかりを相手にする火盗と、《仏》の重蔵の私的な密偵とでは、仕事の中身がまるきり違うだろう。

年の離れた三人の兄たちとは血の繋がりはなく、兄たちの——とりわけ、博奕《ばくち》好きで借金魔の三男・晋三《しんぞう》の尻ぬぐいに追われる人生を送ってきて、とうとう火盗の密偵である。喜平次には、そんな与五郎が不憫《ふびん》でならない。捨て子で、天涯孤独の身の上である喜平次には、親や兄弟を持つ者が羨ましくて仕方なかった。しかし、彼らと出会って、身内というものが、ときには赤の他人よりも厄介な存在である、ということをはじめて知った。

（お天道《てんと》さんてのは、存外公平なもんなのかもしれねえな）

親も兄弟も知らずに育った少年期、喜平次は確かに不幸であったかもしれないが、盗っ人として自立し、お京や重蔵と出会ってからは、そう悪くもない日々を過ごしている。惚れた女と暮らし、大好きな人のために働いている。それが、少しでも世の中のためになるのだと信じて。

「きついなんてもんじゃねえよ。まさかこんなにこき使われるなんて、夢にも思ってなかったよ」

喜平次の優しい言葉が誘い水となり、与五郎は忽ち愚痴をこぼしはじめた。

「いまの火盗頭《がしら》は、たしか、大屋《おおや》さまだったか？」

「ええ、そりゃもう、きついお頭で、下手人を捕らえることができぬのは、そのほうらの懈怠《けたい》である、とか、もう頭ごなしなんだから、いやんなるよ。こっちは、こうして終日蕎麦屋の屋台担いで、町中で聞き込みしてるんだよ。それを、怠《なま》けてるなんてさ、あんまりじゃねえか」

「ああ、大変だな」

与五郎の、末っ子らしい甘えた口調に苦笑しながらも、なお微笑《ほほえ》ましい気持ちで喜平次は聞いていた。

「で、一体なにを調べてるんだ？」

「喜平次兄貴は、《花桜《はなざくら》》一味って、聞いたことあるかい？」

「なに、《花桜》だと？」

「やっぱり、知ってるんだね」

「ああ、この世界じゃ知らねえ者はねえよ。残忍で情け容赦のないやり口で有名な押し込みの一味だよ。《花桜》なんて呼ばせて粋がっちゃいるが、ただの外道《げどう》だ」

「俺ぁ、知らなかった」

「そうか」

「なんにも知らねえんだ、俺は。やっぱり、俺って、密偵《いぬ》に向いてねえよな」

湯釜の下の薪の火を火搔き棒で弄《いじ》くりながら、拗《す》ねた口調で与五郎は言う。

《霞小僧》四兄弟は、親や祖父の代から盗っ人稼業をしていたらしい、生粋の盗っ人一家だが、常に、家族や親類縁者のみで仕事をするため、他の盗賊たちとは殆ど関わる機会がなかったのだろう。盗っ人の世界のことを一切知らず、《旋毛《つむじ》》の喜平次の二つ名でそこそこ知られた喜平次のことも、彼らは全く知らなかった。

火盗が元犯罪者を密偵として使うのは、彼らがその世界に精通し、ある程度顔もきくと思うが故だ。盗みの腕は神業でも、斯界《しかい》のことをなにも知らぬに等しい与五郎は、確かに密偵には不向きであった。

が、たとえ知識はなくとも、長年盗みの世界の最高峰であったその事実と、盗みの業《わざ》に長《た》けた本能は、何にも勝る武器かもしれない。

「で、おめえなんで、ここに店を出してるんだ？」

「なんでって、だから、お役目で……」

「だから、なんでこの場所なんだよ？」

「人通りが多いからに決まってんだろ。それに、船もよく見えるし――」

と交々《こもごも》応える与五郎が屋台をおろしていたのは、日本橋側の橋袂、つまり船番所の向かい側である。妙な船が通り過ぎれば忽ち目につく。

「おめえ、密偵に向いてるよ」

力強く、喜平次は断言した。

「そ、そうかな」

「ああ、大丈夫だよ」

と励ます喜平次の心中は、些か複雑だった。心根の直《す》ぐな与五郎が、密偵などに向いていないことは、誰よりも捻《ひね》くれた心根の持ち主である喜平次が熟知している。

だが、何事も、先ず自信を持つことが肝要で、自信も覚悟もなく、こんな危険な仕事に就いていては、必ず身を滅ぼすことになる。それ故喜平次は、兎《と》に角《かく》与五郎に自信を持たせようとした。

しかし、それもまた、与五郎の身を滅ぼすことにつながるのかもしれない。妙な自信を得た与五郎が、使命感に燃えて、一途に突き進むかもしれないからだ。

（だいたい、あいつらもあいつらだぜ）

与五郎一人を犠牲にし、これ幸いと罪を逃れた兄たちのことが、喜平次には許せない。口では、兄弟の絆を大切にすると言っていながら、矢張り、血の繋がりがない故の冷淡さなのだろうか。

そんなことを密かに考え、ひたすら義憤にかられていたところへ、

「ところで喜平次の兄貴は、なにしてんだい？」

ふと与五郎に問われ、喜平次は焦った。

「え？」

「まさか、遊んでるわけじゃねえよな？」

「そんなわけねえだろ」

「じゃあ、なにを調べてるんだい？」

「なにって、おめえ、そんなこと、軽々しく言えねぇよ」

「軽々しく言えねえのかい？」

「ああ」

「軽々しく言えねえことを、兄貴はいまおいらに訊いたじゃねえか」

「それは、おめえのことが心配だったからだよ」

「心配？」

「たった一人で、慣れねえ仕事に就いて、ちゃんとやってけるのか心配するだろうが、普通」

「喜平次兄貴……」

　喜平次を見る与五郎の目が、見る見る赤くなるのを見るに及んで、与[illegible]お人好しでよかった、と安堵する反面、そんなお人好しを言いくるめたという罪悪[illegible]れ、喜平次は底無しの自己嫌悪に陥る。

「蕎麦、食べてくかい？」

　実の兄を慕う弟の目で見つめられて、喜平次はいよいよ焦った。

「いや、いいよ。腹は減ってねえ」

「なら、一本つけようか？」

「いや、生憎俺も、お役目の途中だからよう」

「そうかい。じゃあ、腹が減ったら、いつでも食いに来てくれよ。これでも、美味《うま》いって評判なんだぜ」

「軽々しく言えねえことを、兄貴はいまおいらに訊いたじゃねえか」

「それは、おめえのことが心配だったからだよ」

「心配？」

「たった一人で、慣れねえ仕事に就いて、ちゃんとやってけるのか、心配するだろうが、普通」

「喜平次兄貴……」

喜平次を見る与五郎の目が、見る見る赤くなるのを見るに及んで、与五郎がお人好しでよかった、と安堵する反面、そんなお人好しを言いくるめたという罪悪感に苛《さいな》まれ、喜平次は底無しの自己嫌悪に陥る。

「蕎麦、食べてくかい？」

実の兄を慕う弟の目で見つめられて、喜平次はいよいよ焦った。

「いや、いいよ。腹は減ってねえ」

「なら、一本つけようか？」

「いや、生憎俺も、お役目の途中だからよう」

「そうかい。じゃあ、腹が減ったら、いつでも食いに来てくれよ。これでも、美味《うま》いって評判なんだぜ」

「本当かよ？」

「ああ、出汁《だし》のとり方とか、三兄に習ったんだ。三兄が料理上手《じょうず》なの、知ってるだろ」

「ああ、だったら、間違いねえな」

愛想笑いを浮かべつつ、喜平次は言った。与五郎が火盗の密偵となるためのそもそもの原因を作った兄の晋三は、お解き放ちの後、とある訳あり居酒屋の厨房で働いている。迷惑をかけられるばかりで、山ほど恨みの積もった晋三でも、いまは唯一身近にいる兄だ。ついつい会いに行ってしまうのだろう。

「本当に、食いに来てくれよな」

「ああ」

少しずつ後退《あとじさ》りながら、喜平次は作り笑顔を絶やさずに肯き、

「必ず食いにくるからよう、それまでおめえも、達者でいるんだぜ」

慌てて言い残すと、与五郎に背を向けた。膨れあがった罪悪感ではち切れそうな胸を抱えながら。

（あいつをなんとかできねえか、旦那に頼んでみるしかねえな）

深川方面に向かって足早に橋を渡りながら、喜平次は思った。

火盗ではなく、重蔵の私的な密偵となれば、危険は少ないし、もっと、与五郎の資質も生かせる筈だ。火盗の務めは、おっとりした性質の与五郎には過酷すぎる。

そんなことを思いながら、喜平次は灯ともし頃の道をぼんやり歩いた。

与五郎の蕎麦を断ったくせに、日没後、喜平次は二八蕎麦の屋台を物色していた。

否、そのためにこそ、与五郎の蕎麦を断ったのだと言ったほうがいい。

(ここいらなら、いいだろう)

そしてめぼしい屋台を見つけると、つかつかと近づく。屋台の看板を灯す小さな灯りが、蕎麦屋の親爺《おやじ》の俯《うつむ》き気味な顔も照らしている。年の頃は五十がらみ。善人か悪人か、一瞥《いちべつ》しただけではよくわからぬ顔つきだ。

夜鷹蕎麦は、基本的に夜間営業であるため、必ずしも安全な商売とは言い難いところがある。稼ぎや釣り銭を狙って、いつ強盗や辻斬りに襲われないとも限らないのだ。

そのため、夜鷹蕎麦屋を生業《なりわい》にしている者には、前科者や臑《すね》に傷を持つ者が圧倒的に多い。

この親爺も、存外そんなところかもしれないと思いながら喜平次は屋台の前に立ち止まった。

「いらっしゃい」

僅かに顔をあげて親爺は迎えた。

思ったとおり、少し目つきが鋭い。果たして前身は、盗っ人か島帰りか。

「花まきはできるかい」

「へえ」

「じゃあ、一つ頼むわ」

「へえ、かしこまりました」

蕎麦を湯釜に投入し、軽く箸でほぐし、笊《ざる》で湯切りするまでの一連の動作を片手で手際よくこなしてゆく。かなり年季が入っているようだ。

「いつもこのへんに店出してるのかい？」

親爺の作業に見入りながら喜平次が問うと、

「へえ、まあ」

その手を休めもせずに、親爺は応える。

「こんな人通りの少ねえところで、商売になるのかい？」

「どうせ細かい稼ぎですからね。どこで商売したって、たいして儲かりゃしませんよ」

という親爺の言葉つきには、残念な諦観《ていかん》が滲《にじ》み出ている。夜鷹蕎麦が、二八蕎麦とも呼ばれるのは、一人前が二八《にはち》＝十六文であることに由来する。庶民にとっては嬉しい価格だが、大儲けできる類の商売ではない。

「確かになぁ。大儲けしようと思ったら、コツコツ堅気の商売なんてしてられねぇよなぁ」

意味深な喜平次の言葉に、親爺は片眉をピクリとあげて反応した。

（まさか、前科者どころか、盗賊一味の手先じゃねぇだろうなぁ。……そういや、与五の野郎、花桜一味の探索をしてるって言ってたなぁ）

喜平次はさすがにヒヤリとした。そんなつもりはさらさらなかったのに、一味の手先と遭遇してしまったとしたら、さすがに黙って見過ごすわけにはいかなくなる。

「こわいことを言いなさるね、兄さん」

だが親爺は口許《くちもと》を弛《ゆる》め僅かに苦笑した。苦い笑いだが、笑うと少しく人の好さそうな顔つきになった。

しかし、喜平次の胸に萌《きざ》した緊張は容易く潰《つい》えない。

「どうぞ」

そこへ、蕎麦がでた。丼からは、当然、湯気がたっている。鼻先を擽《くすぐ》る出汁《だし》の芳香に刺激され、喜平次は改めて、己が空腹であることを知った。

「美味そうだな」

一言お愛想を言ってから、喜平次は忽ち蕎麦を啜《すす》り出す。

（あ……）

ひと口食べて、喜平次は小さく声をあげそうになった。

本当に、美味い。

空腹のせいばかりではない。

このところ、喜平次は訳あって夜鷹蕎麦を食べ歩いていた。しっかり店舗を構えた蕎麦屋と違って、屋台では、できることに限界がある。外気の中では火加減の調節が難しいため、蕎麦の茹で加減も適当だ。勿論出汁は作り置きのもので、作られてから、ときが経つほどに風味がおちる。

そのためどれも似たり寄ったりで、特別不味《まず》くもないが、とびあがるほど美味いわけでもない。それが、屋台の蕎麦というものだ。喜平次はそう認識した。

注文してすぐ食べられるのが気の短い江戸っ子の気質に合ったのと、十六文という安価故に世間に広まり、小腹が空いたときの軽食の一つとして、定着した。要するに、二八蕎麦のよさは、その早さと安さにあり、その二つを最優先したとき、美味いかどうかはそれほど重要視されない。

そういうものだと思ってきたが、今夜たまたま足を止めた屋台は、これまで喜平次が食べてきた屋台の蕎麦とは、全く違っていた。

蕎麦の味をどうこう言えるほど、蕎麦通でも食通でもない喜平次だが、これが他の二八蕎麦と一線を画していることだけは確信できた。

麺にはしっかりとコシがあり、蕎麦粉の薫りも際立《きわだ》っている。その蕎麦に、出汁の風味もまた格別で、まるで一流料亭で使われている一番出汁のようなのだ。

「美味いよ、親爺さん」

心底感動して喜平次が言うと、

「ありがとうございます」

親爺は目顔で微笑んだ。

（いけねえ。こいつは本物の蕎麦職人じゃねえか）

喜平次は確信した。

本格的な蕎麦屋の店舗で出してもおかしくないほど立派な蕎麦を、屋台で饗することの親爺が何者なのか、如何なる理由があって屋台の蕎麦屋などしているのか、喜平次には別な興味が湧いてしまい、しばし無言で蕎麦を食べた。

こういうとき、或いは重蔵ならば、親爺の背負った深い事情を、雑談を交わすていで上手《うま》く聞き出すことができるのだろうが、喜平次には無理だ。仮に、喜平次の口がどれほど上手《じょうず》であろうと、こんな強面《こわもて》のする男を相手に、自らの身の上話をする人間はいない。

とはいえ、手ぶらで帰るというのも芸がない。せめて、この屋台に足を止めたそもその目的くらいは果たそうと思い、

「ところで、このあたりには、いい夜鷹は出てねえかい？」

意を決して、喜平次は親爺に問うた。

精一杯さり気ない感じで言ったつもりだが、思いきりわざとらしくなってしまったかもしれない。前科者相手ならまだしも、本物の蕎麦職人に対しては必要以上に緊張してしまう。

「さあねえ、そっちのほうはとんと縁がねえもんで――」

「けど、このあたりに店出してたら、たまには夜鷹も食べに来るんじゃねえのかい？」

親爺がお茶を濁そうとするのを逃さず、喜平次は更に問う。

「来るには来ますが、同じ女が二度来ることは滅多にねえんですよ」

「そ、そうかい？　こんなに美味いのに？」

「夜鷹の稼ぎじゃ、うちの蕎麦でもなかなか手が出ないんじゃねえんですかい」

と親爺が言うとおり、夜鷹の枕代は二十四文が相場である。折角ひと稼ぎしても、蕎麦を食べたら八文しか残らぬのでは厳しい。

「なんだ、このあたりに器量好しの夜鷹が出てるって噂聞いてきたんだけどな」

「兄さんなら、なにも好きこのんで夜鷹なんぞ抱かなくても、吉原《なか》へ通えばいいじゃねえですか」

と冷ややかに言う親爺の炯眼《けいがん》に、喜平次は舌を巻くしかなかった。

喜平次の身なりや物腰を見れば、食うに困っている経済状態でないことは一目瞭然だ。それなのに、夜鷹が抱きたいなどと、白々しいことこの上ない。

(だからって、そこまで愛想のねえこと言わなくたっていいだろうよ)

内心泣きたいような気持ちで、喜平次は黙って蕎麦を食べた。なまじ美味いだけに、どこにも文句の持って行きようがなく、鬱々《うつうつ》とするばかりだった。食べ終わり、

「ごちそうさん。美味かったよ」

代金を支払って立ち去る際、喜平次には、しくじったという悔恨だけが残った。

「いいお月夜ですね、兄貴」

妙に明るい声音なのが、喜平次には腹立たしかった。

何《いず》れ声をかけられることは充分予測できていたが、その間合いが、喜平次の予想したものと違っていて、それが益々腹立たしい。

(だからこいつぁ、密偵には向いてねえ)

自分ではこっそり尾行《つ》けてきているつもりでいたろうが、はじめから気配がだだ漏れであった。

だから喜平次は、歩みも弛めず黙殺した。

「ちょ、ちょっと待ってよ、兄貴」

すると青次《せいじ》は、慌てて足を速め、喜平次を追ってきた。その足どりが明らかに乱れているのは、酔いの故だろう。

「なんで、無視すんだよぉ」

「………」

「ねえ、兄貴」

「うるせえな」

さすがに我慢できず、喜平次は足を止めて口中に低く怒鳴る。普通の者なら、大抵はこれでビビって退散するが、残念ながら、いま彼の背後に小判鮫《こばんざめ》の如くピタリと貼り付いた男は酔眼朦朧《すいがんもうろう》。喜平次が怒りを露《あら》わにしていることにすら気づいていないようだ。

「なあ、兄貴ったら」

だから、喜平次の恫喝《どうかつ》など何処吹く風で、どこまでも馴れ馴れしく擦り寄ってくる。

「お役目の途中だ。ついてくんな」

結局懇願したのは、喜平次のほうである。

「まだ、例の夜鷹のこと調べてんの？」

「………」

青次も一応重蔵の話は聞いている。話を聞いて、それでどうするかは、聞かされた側の自由だ。それが重蔵の方針である。だから喜平次は、話を聞かされた青次がなにもしていないからといって、それを責めるつもりはさらさらない。

「殺された夜鷹の身許はわかったんだろ？　仲間の夜鷹と一緒に、弔いもしてやって、まだなにか調べることがあるのかよ？」

さらさらないがしかし、こっちが好きでやっていることにケチをつけられる謂われもないのだ。

「てめえには関わりのねえことだろうがッ」

遂に堪えきれず、喜平次は青次を顧みた。

「………」

まともに睨みつけられ、さすがに酔いも吹っ飛んだか。

「お、おいらだって、旦那の密偵なんだぜ」

「なにが密偵だ。どうせてめえは、なんにもしやしねえだろうが」

「しょうがねえだろ。本職のほうが忙しいんだからよう。旦那だって、本職を優先しろって言ってくれてるし……」

「だったら、とっととけえって、本職に励むんだな」

「な、なんだよ、冷てえなぁ。……《霞》の末っ子には、あんなに優しかったのによう」

「てめえ」

低く呟かれる喜平次の声音が、とうとう本物の怒りを帯びた。

「立ち聞きするたあ、いい根性だなぁ」

「してねえよ、立ち聞きなんか」

些か憤慨して青次は言い返す。

「だったら、なんで――」

「たまたま、与五郎の屋台に寄ったんだよ。そしたらあいつ、喜平次兄貴は、まるで実の兄貴みてえに優しいって、うれし泣きしてたんだよ」

「………」

喜平次は気まずげに押し黙った。

与五郎は素直ないい奴だが、少々口の軽いところがあるので困りものだ。そういうところは、矢張り密偵には向いていない。

だが、

「与五郎には優しくして、なんでおいらには冷たいんだよぉ」

青次の意外な言い草に、喜平次は少しく戸惑った。

(なんだ、こいつ、気色《きしょく》の悪い)

「おいらにも、少しは優しくしてくれよ」

「てめえは気にくわねぇんだよ」

「なんだよ、それ。この前刺されたとき、面倒見てやったじゃねえかよ」

酔いのせいか、青次の口調はやたらとねちっこく、喜平次はさすがに閉口《へいこう》する。

「ああ、あんときは世話になったよ」

「本当にそう思ってる?」

「ああ、思ってるよ」

「だったら、酒おごってよ。おっかねえ虎爺《とらじい》さんの店以外でさ」

「てめえ、飲みすぎだぞ」

「いいだろ、酒くらい飲んだって」

「さては、浅草あたりの矢場《やば》へでも行った帰りか?」

「………」

「図星か。未練がましい野郎だな」

「悪いかよ!」

青次は吠えた。

少し前、桔梗という名の矢場女とねんごろになり、本気で所帯を持ってもいいと思うほどに入れ込んだ。が、ある日忽然と、女は青次の前から姿を消した。無論喜平次は桔梗という女の正体も、消えた理由も知らないが、だいたいの察しはついている。

要するに、青次は女に利用されただけのことなのだが、それはあまりに気の毒で、告げる気にはなれない。

「もういい加減に忘れろよ」

「忘れられねえんだよッ」

「しょうがねえなぁ」

酔いの故か足がもつれ、よろよろと倒れ込みそうな青次の肩を、仕方なく喜平次は支えた。

「ほら、帰るぞ。しっかりしろよ」

「やだよ。まだ帰りたくねえよ。兄貴と飲むんだから……」

「本職が忙しいんだろうが。早く帰って仕事しろよ」

「今夜はしねえよ。こんなに飲んじゃったんだから、無理だよ」

喜平次に肩を抱えられながら、青次は喋り続けていた。大方、自分でも何を言っているのか、わからなくなっているのだろう。

「ったく、しようがねえな」

舌を打ちつつも、喜平次は青次を抱えて彼の長屋をめざした。

「兄貴こそ、なんで、夜鷹のことに、そんなに真剣になってるの？」

眠っているとばかり思った青次が、不意に真面目な口調で問うてきた。

酒もなくなったし、そろそろ帰ろうと腰を上げかけていた喜平次は驚いて顧みる。

もっと飲みたいとごねる青次を、なら部屋で飲めばいいと宥《なだ》め賺《すか》して連れ帰った。

一度は横たわった布団の上で身を起こした青次の顔は、まだ酔いが残っているのか素面《しらふ》なのか、仄明かりの中ではわかりにくい。

だが、喜平次は、

「はじめての女が、夜鷹だったんだよ」

誰に言うともない口調で無意識に口走っていた。

「え？」

「いま思うと、あれはたぶん、俺のお袋くれえの歳の女だったなぁ」

しみじみと語る喜平次の言葉に、青次は驚き、言葉を失った。

「まだ、盗っ人稼業をはじめてまもない頃だったな。町方に追われてたのを匿《かくま》ってもらったんだ。気立てのいい女だったなぁ」

「で、その夜鷹はいまどうしてるの？」

「殺されたよ」

「え？」

「何処の誰とも知れねえ奴に、ある日突然殺されて、大川に投げ込まれたよ」

「…………」

「おかしいと思わねぇか。夜鷹だって、同じ人間なんだぜ。誰も、好きであんな商売してるわけじゃねえや」

怒りに身を震わす喜平次を、内心途方に暮れて青次は見つめた。

彼が夜鷹殺しを見過ごしにできない気持ちはよくわかったが、笑い飛ばせない昔話を聞かされて、さすがに気が重くなった。

(聞かなきゃよかった)

後悔したが、あとの祭りである。

四

「お殿様はお留守だ」

「では、一体何時《いつ》お帰りになられます？」

「そんなこと、わかるか」

「では、せめて、こちらで、お帰りまで待たせていただくわけには――」

「駄目だ、駄目だ。そんなことを許せば、わしがご用人様に叱られる。とっとと帰って出直してまいれ」

いつもながら、門番の態度はとりつく島もない。

結局、今日も門前払いされた。

(あんまりではないか)

蠅《はえ》でも追うような顔つきで追っ払われ、和泉屋義兵衛《いずみやぎへえ》は、鬱々《うつうつ》として愉しまなかった。

あれから――。

奉行の矢部から直々《じきじき》に教えられてまもなく、本当に、株仲間が解散となった。千両株と言われた札差株が、一夜にして紙屑となった。利益を専《もっぱ》らしようと、ありとあらゆる手段を用いて札差株を買い漁っていた和泉屋には、寝耳に水の悪夢であった。

矢部の言葉は、もとより半信半疑で聞いていた。

要するに、老中は、いかに多額の冥加金《みょうがきん》を献上しようと、一商人である和泉屋のことなど、歯牙《しが》にもかけてはくれなかったのだ。

百歩譲って、老中は仕方ない。

和泉屋とて馬鹿ではないから、一介の商人がいきなり筆頭老中と誼《よしみ》を通じることができるとは思っていなかった。そんなとき、

「ご老中とお近づきになりたいのか?」

親切ごかして、間に入ってくれる者があった。

「ええ、それはもう。水野様のご改革のお志に賛同いたしておりますので」

「そうか、それは殊勝な心がけであるな」

満面に笑みを浮かべて、そのひとは言った。

まさしく、菩薩《ぼさつ》のような微笑みであった。

幼い頃に二親《ふたおや》を亡くし、苦労して財を成した和泉屋のような男が、コロリと欺されても無理はない笑顔だった。

菩薩の微笑みを浮かべるそのひとの瞳の奥に、とびきり冷ややかなものが潜んでいることに、無論和泉屋は気づかなかった。

「それほどに、ご老中の御意《ぎょい》が得たいのであれば、ことは簡単だ。ご老中が邪魔にしている者を排除すればよい。ご老中はさぞかし喜ばれよう」

あるとき菩薩が、和泉屋の耳許に甘く囁いた。

「ご老中が、邪魔にしている者でございますか？」

「但し、密かに、じゃぞ」

「は、はい」

「わかるな？」

「いえ、あの……」

「あとは、己で考えよ」

温厚そうな外貌とは裏腹に、かなり物騒なあだ名をもつその男は、意味深な笑顔を見せて言った。菩薩と夜叉《やしゃ》は、同じ一つのものであると、このとき和泉屋は確信した。

とまれ和泉屋は、懸命に考えた。

老中が、南町奉行・矢部定謙のことを、嫌っているということは、巷《ちまた》の噂にまでなっている。そこで、矢部の首を手土産にしようと、刺客を雇った。

だが、矢部は怖ろしく手強《てごわ》かった。火盗の長官も務めたことのある矢部が、剣のつかい手であるということは、後に知った。それで大金と手間暇をかけて伊賀者まで雇ったというのに、ことは成就しなかった。

株仲間解散の令が下されたとき、和泉屋は血相を変えてその男の許に駆けつけた。門前払いを食った。

そのときからいまに至るまで、何度訪ねても門前払いである。

ひどい話だ、と和泉屋は思うのだ。老中へ多額の運上金冥加金を献上するとともに、その男にも、相応の礼はしてきたつもりだ。

なのに、話も聞かずに門前払いとはあんまりではないか。とにかく、及ばぬながらも、一言文句を言ってやりたい。

それが、和泉屋義兵衛がこの屋敷に日参している理由である。

「和泉屋は帰ったか？」

障子の外で平伏する用人の影に向かって、鳥居耀蔵は冷ややかに問うた。

「はい。追い返しましてございます」

「しつこいのう。これだから、上方者《かみがたもの》はいやじゃ。引き際というものを心得ぬ」

「御意」

「あまり度が過ぎるようなら、なんらかの対策を講じねばならぬのう」

言って、ふと障子を開け放ち、縁先の蹲《つくばい》に視線を投げる。

雀《すずめ》が三羽四羽、四羽五羽と入れ替わりに飛んできては蹲の水を飲んでいる。

「雀ならばよいが、五月蠅《うるさ》い蠅《はえ》は、ただ追うだけではすまぬかもしれんのう」

「如何《いかが》いたしましょう？」

眠そうな顔をした中年の用人が、無表情に問い返す。明らかに、なんの興味もなさそうな顔つきだ。

「今度来たら、そのほうが、よく言い聞かせてやるがよい」

「かしこまりました」

用人は一礼し、ゆっくりと腰を上げ、立ち去った。彼が無表情で無関心に見えるのは、主人からその種の命《めい》を承《う》けることが珍しくないからにほかならなかった。

（おや——）

すれ違ったとき、その男の顔に見覚えがあるような気がして、重蔵はチラッと顧みた。

上等な白地に紺飛白《こんがすり》を身につけ、かなり裕福な商家の主人のようだが顔色は真っ青で、まるで死人のようだった。

足どりもヨタヨタと覚束《おぼつか》無い感じで、いまにもその場に頽《くずお》れそうである。確かに、連日の雨で道は泥濘《ぬかる》み、多少歩きにくいが、それでも足をとられて転ぶほどではない。故に、その男の足どりが覚束無いのは、泥濘んだ道のせいではなさそうだ。その男の歩みが頼りないのは、やはり精神的な——或いは、肉体的になんらかの打撃を受けたが故のことだろう。

そして、もしその男が、重蔵の思う相手であるならば、それほどに弱りきった風情《ふぜい》は彼には全く似つかわしくないものであった。

（和泉屋ではないか？）

重蔵は、和泉屋義兵衛と面識があるわけではない。だが、数々の悪辣《あくらつ》な事件の裏側に和泉屋がいるのではないか、との疑いから、その身辺を探らせている。当然重蔵も、何度かその顔を見かけたことがある。一度見かけた顔なら見忘れる筈はないが、もし同じ人間だとしたら、ここまで別人のようになってしまうことが、あり得るのだろうか。

あり得るとすれば、一体どのような目に遭えば、そんなことになるのか。

「おい——」

重蔵は、おそらく和泉屋義兵衛と思われる男の背に、声をかけた。

「は…はい？」

男が、力なく応えながら重蔵を顧みた。

（おっ……）

真正面から相対してみて、やはりそれが和泉屋であることを確信した。

以前見かけた和泉屋は、温厚そうな丸顔に満面の笑みを浮かべ、自信たっぷりな様子で使用人たちに指図をしていた。その記憶が鮮明に脳裡にあるため、確信すると同時に、戸惑わずにはいられない。

「大丈夫かい？」

「え？」

「顔が真っ青だぜ。どこか、具合が悪いんじゃねえのかい？」

「…………」

「俺は南町の戸部ってもんだ。なんなら、家まで送ってやろうか？」

相手をビビらせる目的で名乗ったわけではないが、重蔵が名乗ったその瞬間、明らかに和泉屋の顔色は変わった。

「い、いいえ……」

和泉屋は夢中で首を振り、

「大丈夫でございます。この先に、駕籠《かご》が待たせてありますので。どうか、ご心配なく」

顔色は冴えぬままながら、さすがは遣《や》り手の商人らしく立て板に水で言い返した。

そして、

「手前は、蔵前の札差、和泉屋義兵衛と申す者でございます。お気遣い、ありがとうございます」

重蔵が奉行所の与力と知り、最後まで礼儀正しく振る舞ったのは殊勝な心がけであった。深々と頭を下げ、自らの示したほうへと歩みを進める和泉屋を、重蔵はしばしその場で見送っていた。いくつかの事件の黒幕として、己が目をつけられていることを、果たして本人は知ってか知らずか。

(ひとかどの悪党って奴は、侮《あなど》れねえな)

たとえ倒れそうになりながらも、町方の手は借りぬと言わぬばかりな矜恃《きょうじ》を保つ和泉屋のその姿勢に、重蔵は感心した。

感心しつつ、そんなひとかどの悪党をここまで青ざめさせたものの正体に、益々興味が湧いた。

そんな興味で後ろ髪引かれつつ、重蔵は己の向かうべき方向に歩を進めた。即ち、鳥居耀蔵の屋敷に向かって——。


「殿」

襖の外で平伏している用人頭・黒井《くろい》の声音が、心なしか、いつもと違っているように聞こえた。

(なにを狼狽《ろうばい》しておる)

ために、書見をしていた鳥居耀蔵は、少しく苛立った。

用人頭の黒井源五郎《げんごろう》は、日頃から冷静な男である。多少のことで狼狽《うろた》えるようなことはない。それが多少なり動揺しているのは、それだけの事態が発生した、ということだ。

「なんだ？」

「戸部が参りました」

「なに？」

つい問い返してしまったのは、鳥居にとって不覚というほかはない。思わず腰を上げ、

「戸部だと？」

片手に襖を開け放ちざま、鳥居は鋭く、問いかけた。

「南町の戸部重蔵か？」

「はい」

「なにしに来た？」

「それが……」

「なんだ？」

「先日折角お声をかけていただきながら、ご無礼してしまいましたので、改めてご挨

掺させていただきたい、とのことでございます」

黒井の声音は、矢張り少しく震えていた。取り次いでいいのか悪いのか、実は本人にもわかっていなかった。

ただ、門前に訪れた迷惑な客人に、黒井自身が本気で困惑している。何故なら、先日己の主君たる鳥居と重蔵を引き合わせたのは、ほかならぬ黒井である。もとより、鳥居に命じられてのことだが、畏れ多くも、重蔵が鳥居の誘いを断ったことで、彼の面目《めんぼく》も丸つぶれであった。以来、重蔵に対していい感情は抱いていない。

一方、鳥居は鳥居で、

「そ…うか」

無防備なところを奇襲され、少なからず狼狽した。

気にくわない、と思った。

奇襲は、こちらから仕掛けるものであり、相手から食らったときには既にこちらは負けている。それがわかっているから、すぐには返答ができなかった。

「通せ」

短く命じるまでに、しばしのときがかかった。

「よろしいのでございますか？」

「ああ、かまわぬ」

努《つと》めて平静を装った声音で、鳥居は応えた。

黒井は静かに立ち上がり、客を迎えに行く。

「突然お邪魔いたしまして――」

ほどなく彼の居間に通された戸部重蔵が、恭《うやうや》しくその面前にひれ伏すのを、巷間《こうかん》「妖怪」と呼ばれる男はぼんやり眺めた。

一度はすげなく袖にされた相手である。

(《仏》の重蔵が、自ら儂の許を訪れたか)

そう思うと、存外悪い気はしなかった。

第三章　下手人

一

「なあ、喜平次、夜鷹殺しのほうは一旦おいといて、おめえも《花桜》一味の探索をしちゃあくれねえかな」

重蔵の言葉に、珍しく喜平次は即答できなかった。

「《花桜》一味なら、いま火盗が目の色変えて行方を追ってるはずですが」

少しく考えてから、遠慮がちに答えた。

確かに、凶悪な《花桜》一味を捕らえることは焦眉《しょうび》の急《きゅう》で、夜鷹殺しよりは余程重要な案件である。残忍な押し込み一味を野放しにすれば、罪もない善良な者たちが大勢命を落とすことになるのだ。

それは、喜平次にもよくわかっている。

だが、だからといって、夜鷹はあとまわしでもよいのか。

なによりも、

(旦那までが、そう思うのか)

ということに、喜平次は衝撃を受けた。

先日、夜鷹が首を絞められてから十日ほどが経ち、今日は胸を刃物でひと突きされて殺された女の死体が発見された。

重蔵は、おそらく夜鷹と思われるその死体の検分をした帰りであった。夜っぴて市中を歩きまわっていた喜平次は、その帰りに偶然重蔵と出くわした。

「殺しですね?」

と問いかけた喜平次に、

「ああ、だがこの前の荒れ寺ンときとは手口が違う」

無感情に重蔵は応えた。

「そうですか」

このとき喜平次の顔が僅かに曇ったことに、果たして重蔵は気づかなかった。

「ところで、《花桜》一味は知ってるな?」

気づかず、すぐさま話題を変えると、喜平次の返答を待たずに、

「おめえも《花桜》一味の探索をしちゃあくれねえかな」

との打診である。

喜平次が即答できなかったのは、たんに、夜鷹殺しを等閑《なおざり》にされて気分を害したせいばかりではない。

「知ってるだろう？」

と問われて、

「はい、よく存じております」

と答えられるほどには、喜平次はこの残忍な押し込み一味について詳しくなかった。

何故なら、押し込みと盗っ人とは、まるきり別のものだからである。なるべく人を殺さず、こっそり金品だけ盗み出そうとするのが盗っ人で、押し込みは家族や使用人を皆殺しにしても欲しい物は根刮《ねこそ》ぎ手に入れる、という外道《げどう》である。

外道は盗みに手間暇はかけず、狙いをつけた家を手当たり次第に襲うだけなので、予《あらかじ》めその家に入り込んでおいて戸を開ける役目の引き込み役も、錠前を開ける鍵師も必要ない。ただ、人殺しを屁《へ》とも思わぬ破落戸《ごろつき》の五～六人も率いて行けばいい。札差のような特殊な家ではなく、ごく普通の商家であれば、どうせ用心棒など雇ってい

ないのだ。刃物を持った破落戸に押し入られれば、ひとたまりもなかった。

奴らは大抵一家皆殺しにしてしまい、一人の目撃者も残さぬため、探索は常に困難を極める。

火盗は総力を挙げて探索に臨んでいるだろうが、状況はかなり厳しいに違いない。

「旦那、前から言ってますが、押し込み一味のことは、おいらにはよくわかんねえんですよ。押し込みには伝手《つて》もありませんしね」

いまにも降りだしそうな曇天を憂鬱そうに見上げながら喜平次は言った。

盗っ人と押し込みは全く違うってことを、何度言やあわかるんだ、と声を荒げたい気持ちを必死に堪《こら》えた。

そんな喜平次の心中を察して、

「すまねえな」

重蔵はあっさり詫びた。

「だがな、喜平次、夜鷹殺しのほうは、まだなんの手懸かりもねえんだ。お京の話じゃ、おめえはひと晩中歩きまわってるそうだが、闇雲に歩きまわったって、下手人《げしゆにん》には出会《でくわ》さねえよ」

「わかってます」

「それに比べたら、押し込みの探索のほうは、まだしも目処《めど》がつくってもんじゃねえか」

「…………」

「奴らが狙う家の目星は、おめえにだってつくだろう」

「ええ、まあ……」

仕方なく、喜平次は肯《うなず》く。

「目星をつけた家を見張っていれば、奴らが網にかかるんじゃねえのかい？」

（そう簡単にはいきませんよ。第一、奴らがどの家を襲うかなんてことは、一味の者にだってその当日まで知らされなかったりするんですよ、計画が漏れることを怖れてね）

喜平次は内心舌を出している。

火盗の時代から、この手の探索には慣れている筈の重蔵でも、喜平次の目から見ればまだまだ危なっかしい。

それで喜平次も、つい釣り込まれて、

「押し込みをする連中は、いくつか目をつけて、その中で一番安全そうな店を襲うんですよ。家の者を皆殺しにしちまうんだから、なにも、苦労して土蔵の鍵を開けることもねえし、なんの下準備も必要ねえんだから、下見に行ったその日に決めちまったっていいんです」

したり顔につらつらと語ってしまった。

「なんと！」

重蔵が忽《たちま》ち顔色を変え、

「それはまことか！」

大仰《おおぎょう》な嘆声を発したとき、

「旦那」

喜平次はまたしても、周到な仏の罠に落ちたことを知った。

「やっぱり、おめえは頼りになるぜ、喜平次。……とにかく、《花桜》一味の狙いそうな店を、片っ端から洗い出してくれよ」

「…………」

「頼んだぞ」

「はい」

喜平次は渋々肯《うなず》いた。肯きながら、

（結局こうなるんだけどな）

口に出せない不満は、胸の奥深くでだけ呟いた。

(喜平次の奴は、なんだってあんなに、むきになりやがるのかな)

もとより重蔵には、喜平次が内心承服していないことくらいお見通しである。

だが、その心の裡《うち》まですっかり見通せるわけではない。寧《むし》ろ、わからないことのほうが多い。つきあいが長いといっても、結局は、盗っ人とそれを捕らえる側の人間としてのつきあいだった。相通じるところもあれば、全く理解し得ない部分もある。

(どうせ聞いても、素直に話しやしねえんだろうしな)

口では生意気なことを言っても根は素直な青次と違い、矢張り喜平次には少々気難しいところがある。それは以前から承知していた。そういう喜平次だからこそ、密偵にしたとも言える。一から十までこちらの言うことを手放しできくような者なら、確かに使い易いかもしれないが、それは同時に己を持たぬということだ。己を持たぬ者は、いざというとき、己で判断することができず、思わぬしくじりをしでかすものだ。常に命の危険が伴う密偵の仕事には、喜平次のような、少々あくの強い男のほうが向いている。

しかし、そのあくの強さが全面に滲み出てきたときの扱いにくさときたら、どうだろう。

（そうだ、ちょっと様子を見ていくか）

死体が発見された枕橋《まくらばし》近くの荒れ寺から浅草方面へ出ようと吾妻橋《あずまばし》を渡っているとき、重蔵はふと思いついた。

思いつくと、重蔵の足どりは忽ち軽くなる。ここからなら、和泉屋の店が近いことに気づき、立ち寄ってみようと思ったのだ。

先日、鳥居耀蔵の屋敷の近くで見かけた折の、あまりにもらしからぬその風情がずっと気になっていた。

（鳥居様のお屋敷でなにかあったな）

ということは、容易《たやす》く想像できた。

あの場所にいて、鳥居家からの帰りでないということはまずあり得ない。老中の機嫌をとるために現職の奉行の命さえ狙った和泉屋だ。老中の側近とされる鳥居に誼《よしみ》を通じていないわけがなかった。

それが、死人のような顔色でふらふらと屋敷から出て来る羽目に陥った。おそらく、鳥居から絶縁を言い渡されるか、それに近いことがあったと考えるのが自然であろう。

先日訪問した際の鳥居とのやりとりを思い出すと、重蔵とて顔から血の気のひく思いがする。

「近頃の江戸はどうじゃ？　変わりはないか？」

盃《さかずき》を交わしたあとも、終始上機嫌な顔つきのまま、鳥居は重蔵に問うた。

その満面の笑みについ心を許し、

「はい。近頃は特に目立った事件もございませぬが、相変わらず夜鷹殺しがあとを絶たず、それだけが気がかりにございます」

重蔵は正直な心の裡を話してしまった。

「夜鷹？」

鳥居は、その一瞬表情を引き締めたが、

「夜鷹と申すは、夜陰に乗じて誰彼かまわず男の袖をひき、野外にて寝茣蓙《ねござ》を敷き、春をひさぐ売女《おんな》のことか？」

重蔵に向かって問い返した一瞬後には、しっかり笑顔を取り戻している。

「ご老中の禁令により、その種の女は尽《ことごと》く市中より追放されている筈だが、まだそれほどに死体が見つかるのか」

「なにしろ夜鷹は、ご府内だけでも四千人はいると言われております故、なかなか
——」

「なに、四千とな！」

手放しの嘆声をあげたあとで、

「それはまことか？」

鳥居は重蔵に問い返した。

「は、はい」

「されば、ご老中も、よもやそれほどの数とは思うておられまい。知らぬというのは怖ろしいことだ。……もしお知りになれば、追放など、到底生温《なまぬる》いということがおわかりになるであろうが」

「…………」

追放が生温ければなんといたします？　とは、終《つい》ぞ問うことができず、重蔵は内心震えていた。問わずとも、鳥居の返事はある程度予想できた。

だが、その予想が当たっていると思うことすら、怖ろしかった。

訪問してみてわかったのは、巷間《こうかん》「妖怪」と呼ばれる男は、重蔵にとっては矢張り得体の知れない「妖怪」でしかない、ということだ。

ともあれ、権力者の庇護を失った和泉屋がその後どうなったか、これからどうなってゆくのか、興味の尽きぬところであった。

（あの悪党だけはお縄にしねえと、ひでえ目にあった者たちが浮かばれねえからなあ）

思いつつ、重蔵が御厩河岸《おうまやがし》の人波に揉まれていると、

「この野郎ッ」

「おとといきやがれ！」

口々に罵《のの》り合う怒声が、忽ち耳に飛び込んでくる。

重蔵はすぐさま人波をかき分け、怒声の響き渡るほうへと小走りに向かった。

奇《く》しくも、それは、重蔵が目差していた和泉屋の店の前だった。破落戸《ごろつき》にしか見えぬ風体《ふうてい》の男たちが数人、互いに険しい顔つきで対峙《たいじ》している。

「金はださねえ、蔵米も返さねえってのはどういうことなんだよ、ああ？　和泉屋さんよ？」

「うるせえな。てめえらに払う金なんざ、鐚《びた》一文ねえって言ってるんだよ」

「なんだとぉ、この野郎！」

「金が欲しけりゃ、てめえらを雇ってるお方が、てめえで取りに来りゃいい話だろ」

「俺たちのご主人様はお忙しいんだよ。こんなとこにわざわざ足運んでる暇なんざ、ねえんだよ」

「けっ、どうせ金策に忙しく駆けまわってるんだろうぜ」

「なにを、この、くそ野郎ッ」

双方のやりとりをじっと見据えていた重蔵の耳許《みみもと》に、

「蔵宿師《くらやどし》ですよ」

そっと囁く者があった。

「なるほど」

重蔵は納得した。

蔵宿師とは、なかなか金を貸してくれなくなった札差から強引に金を引き出すため、旗本・御家人に雇われた浪人ややくざ者のことである。一方、そんな蔵宿師から札差を守るのが対談方《たいだんがた》で、これまたやくざか柄の悪い浪人者が雇われている。

蔵宿師たちが押し借り同然に店の前で大声を出したり、暴れたりしたとき、店側の対談方がこれに対抗する。

しかし、対談方とは名ばかりで、実際にはがさつな力自慢の者たちばかりだから、結局破落戸同士の言い争いになって埒《らち》があかない。そのため、最終的には小遣い程度の金を払って引き取ってもらうことが多いのだが、和泉屋の対談方たちは、一向にそんな様子もみせず、全力で蔵宿師たちに対抗していた。

それ故、

「こん畜生ッ、黙って金出しゃいいんだよ」

「てめえらにやる金はねえ、って何度言えばわかるんだ。頭の悪い野郎だな」

「なんだと、この野郎ッ、口のきき方に気をつけろいッ」

「どう気をつけろってんだよ、ええッ？」

「しまいにゃ、ぶっ殺すぞ、この野郎ッ」

「上等だ、ぶっ殺せるもんなら、ぶっ殺してみやがれ！」

両者の怒りはその極に達し、最早《もはや》言葉では収拾がつかないまでになっている。

まさに、一触即発。全員が、己の懐《ふところ》に手を突っ込んでいるのは、そこに匕首《あいくち》や短刀を呑んでいるためだろう。

（まるでやくざの出入りだな）

内心呆れ返りつつ、重蔵は迷わず歩を踏み出した。

蔵宿師三名、対談方三名がきっちり向かい合うその間へ割り込むと、

「おい、そのへんにしとけ」

「…………」

破落戸どもは一瞬毒気を抜かれた顔で重蔵を顧みた。が、

「な、なんだ、てめえはッ」

「すっこんでろい、さんぴんがッ」

蔵宿師側、対談方、それぞれ代表格の者が、すぐ気を取り直して凄んでみせる。仲間の手前もあり、舐められるわけにはいかないのだろう。

（やれやれ）

重蔵は仕方なく、普段は滅多に取り出すことのない十手《じって》を懐から覗かせつつ、

「天下の往来をこれ以上騒がすってんなら、全員しょっ引いたっていいんだぜ」

と宥《なだ》める口調で言ったのが仇《あだ》となった。

「おう、しょっ引けるもんなら、しょっ引いてみやがれッ」

言うなり、蔵宿師側の代表が、匕首を手に重蔵に向かってきた。重蔵は身を捻りもせず、ただほんの少し体を反らしてその切っ尖をかわしつつ、十手の先で、そいつの手の甲を軽く突く。

「ぎゃッ」

ひと声呻いて、男は匕首を取り落とし、その場に蹲《うずくま》った。軽く突いたように見えて、実はそれほど軽くはない。骨に罅《ひび》が入るか入らぬかという、ギリギリのところで重蔵は止めた。

「この野郎ッ」

　負けじと短刀を手に飛びかかってくる対談方の男の鳩尾《みぞおち》へも、重蔵は軽く十手を突き入れた。

「がぁッ」

　当然そいつも、ひと声呻いて蹲る。それぞれの代表者を瞬時にやられて、残りの蔵宿師も対談方も、忽ち戦意を喪失したようだ。

「おい、お前らはどうすんだ？」

　問うまでもなく、蔵宿師たちは蹲った男を促してすごすごとその場から立ち去り、対談方もまた、同様に店の中へと消えて行った。

「和泉屋ともあろうもんが、ろくでもねえ対談方を雇ってやがるなぁ」

　無意識に独《ひと》りごちると、

「仕方ねえでしょう。株仲間解散させられて、和泉屋も随分損したみてえですからね」

　その独り言に背後から応えた者がある。さきほど重蔵の耳許に、「蔵宿師ですよ」と囁いた男だ。振り向いて確認するまでもない。

「で、おめえはこんなとこでなにやってんだ、青次？」

「別に、なにも。得意先に品物届けた帰り、なんだか騒ぎがはじまったんで、野次馬になってたんですよ」

「真面目に仕事してんのか」

「当たり前でしょう。仕事しなきゃ、食ってけねえんだから」

振り向いたとき、やや拗《す》ねたように唇を尖らせて言った青次の顔がいつもの彼のものであることに、重蔵は少しく安堵した。

二

呼子笛《よぶこぶえ》のかん高い音色が、四方八方に響き渡っている。

喜平次は焦り、すっかり己の行く先を失ってしまった。

(駄目だ、捕まる……)

絶望的な思いに捕らわれながら、それでも懸命に、笛の音がしないほうを選んで逃げる。

(畜生ッ)

絶対に捕まりたくはなかった。

捕まったら最後、それで終わりだ。殺しはやっていないので死罪は免れても、よくて追放、最悪遠島だ。「地獄」と言われる八丈《はちじょう》送りなどにはなりたくない。

だいたい、不公平ではないか、と喜平次は思うのだ。

捨て子で、庇護してくれる大人の一人もいなかった喜平次は、常に、自分で自分を守るしかなかった。捨て子の家で育てられ、相応な年頃になると奉公に出された。

捨て子を拾って世話してくれる家の人間というのは、大抵育った子供を奉公に出す際の口入れ料が目的である。奉公先のお店で一悶着を起こした喜平次は、養ってくれた家に帰るわけにもいかず、そのままお店を出奔《しゅっぽん》して、浮浪児になった。

実際、世の中は十にもならぬ男児が一人で生きてゆけるほど、生ぬるいものではなかった。

喜平次は、食べるためなら、なんでもした。盗みかっぱらい……ただ、人を傷つけたことだけはない。多少盗まれても屁とも思わぬような金持ちから盗むなら、悪くはなかろう、というのは都合のいい言い草かもしれないが、せめてもの良心であった。

そもそも喜平次が盗っ人になったのは生きてゆくためだ。養ってくれる親がいれば、浮浪児にはならなかったし、盗っ人にもならずにすんだ。

（仕方がなかったんだ）

逃げながら、喜平次は必死に己に言い訳していた。

(俺だって、好きで盗っ人になったわけじゃねえや。生きてくために、仕方なくこうなったんじゃねえか)

雨が降っているわけではないのにその顔はいつのまにか濡れている。汗をかいたのだと思って額《ひたい》を拭うが、頬を伝って流れるのは、汗ではなくてどうやら涙のようだった。

(それとも、俺みてえなガキは、どっかで飢え死にしてりゃあよかったのかよ)

駄々をこねる子供のような心持ちで喜平次が思ったとき、不意に彼の袖を引く者があった。

「こっちへおいで」

驚く暇もなく、女の声が強く袖を引いて喜平次を導いた。それが、

(夜鷹――)

と呼ばれる娼婦であることは、喜平次にも容易く察せられた。よりによってこんなときに、と思う一方、女の強引さを払い除けることができず、為されるがまま、導かれた。

導かれて行った先は、神社の境内にある古い銀杏《いちょう》の大木の陰である。夢中で逃げ

ているうちに、何処か神社の境内に踏み入っていることにすら、喜平次は気づいていなかった。

「座って」

喜平次を木陰に連れ込むと、女は背負っていた蓙を手早く敷いてそこに座るよう短く促す。喜平次が唯々《いい》としてその指示に従うと、女は戸惑う喜平次の体を跨ぐようにしてその膝に乗り、彼の体に身をもたせてきた。

（うわッ）

忽ち安物の白粉《おしろい》の匂いで息苦しくなった喜平次は女の体を突き退《の》けたくなる。だが、

「じっとして」

耳許で低く囁かれ、喜平次はどうにか堪えた。女が、自分を庇おうとしてくれていることが、朧気《おぼろげ》に察せられたのだ。

境内の砂利を踏んでくる荒々しい足音は、すぐ間近まで迫っている。

「野郎、何処行きやがった」

「まだ、そんなに遠くへ逃げちゃいねえはずだ」

その口調からして、おそらく目明かしの手先や下っ引だろう。口々に言い合いながら、喜平次の潜《ひそ》む大木の傍《そば》までやって来る。

「おい――」

追っ手が覗き込んできた瞬間、喜平次は咄嗟に女の胸に顔を埋めた。

「なんですよ？」

女は袂《たもと》に喜平次の顔を庇いつつ、さも億劫《おっくう》げに顧みる。

「あ……」

「なんだ、夜鷹か」

手先たちが、口々に落胆の声を上げた。

「いましがた、このあたりにあやしい奴が逃げてこなかったか？」

「あやしい奴って？」

「とにかく、あやしい野郎だよ」

「そんなの、知りませんよ。あたしはこうして、やっと口開けのお客にありついたんですよ」

「ああ」

「商売の邪魔しないでくださいよ」

「ああ、悪かったよ」

不貞腐《ふてくさ》れた口調で言い、手先たちは舌打ちしながら立ち去った。彼らの足音が遠く

去るのを聞いて、

（助かった……）

内心安堵しながらも、喜平次は何故その夜鷹が自分を救ってくれたのか、女の本心がわからぬだけに不安でならなかった。

不安と、そして一刻も早く白粉の匂いから逃れたくて、女への礼もそこそこに、喜平次はそそくさとその場を離れた。金輪際、ドジは踏むまい、と固く心に誓いながら。

あれはたしか、十七、八の頃だったと思う。

女を知るには、早いか遅いか、よくわからない。生きるために夢中で盗みの技を覚え、それを糊口《ここう》をしのぐ手だてとし、小遣い稼ぎのため賭場《とば》にも出入りしはじめたりして、すっかり一人前になったつもりでいた。

「兄さん、あそばない？」

はじめて女に袖を引かれ、多少は舞い上がってもいたのだろう。

女に興味はあっても、まだ岡場所にあがるほどの稼ぎも、度胸もない。

（たしか、夜鷹の相場は二十四文だったよな？）

必死に思案を巡らせながら、その夜喜平次は女に袖を引かれていた。月はなく、星も疎《まば》らな闇ではあったが、商売柄、夜目をきかせることは可能な筈だった。

だがそのときの喜平次にそんな余裕はなく、女の顔を確認しようという気もなかった。ただ女の声だけを頼りに、彼女の導くまま、ついて行った。

(歳はどれくらいだろう?)

声を聞いただけで女の年齢がわかるほど、喜平次は女に精通してはいない。なにしろ、未だ女を知らぬ身だ。

最初に袖を引かれた場所からどれくらい歩いたか、それすら喜平次には定かでなかった。

女が喜平次を連れて行ったのは、既に住む者のない荒れ寺のようだった。

「ここで、いい?」

半分破れた観音戸を押し開ける際、女は喜平次に問うてきた。

いいも悪いもない。

喜平次は無言で肯いた。

女は、お堂の中に入ると、背中に背負っていた茣蓙を床に敷き、燧《ひうち》を打って蠟燭《ろうそく》を灯した。

堂内が薄明るくなり、女の姿もはっきり目に映ったが、そのときには、喜平次の理性は闇の彼方に吹っ飛んでいる。

女が帯を解くのを待たず、喜平次は女の体を茣蓙の上に押し倒した。ゆっくり顔を拝む暇もなく、乱暴に胸元を寛《くつろ》げさせると、その膚《はだ》の白さに息を呑んだ。忽ち零《こぼ》れ出すたわわな乳房に陶然となり、夢中で弄《まさぐ》った。母親の乳房を知らずに育った喜平次にとって、それは、まさしく至宝の如きものだった。

幼子が母の乳房を求める勢いで白い乳房を貪《むさぼ》り続けた。

女は、それを嫌がらず、時折吐息のようにあえかな声を漏らしていた。

やがて喜平次が乳房を貪るのに疲れたとき、女はその手を、自らの体に導いた。自ら体を開き、戸惑う喜平次を、自らの中に導き入れた。長年この商売をしている女の勘で、見た目こそ強面《こわもて》の、一人前以上の男に見えるが、実はまだ女を知らぬらしいことに気づいたのだろう。

「ああ……」

女の中に入るなり、低く声を漏らしてあっさり果ててしまった喜平次を、女は優しく、両手で抱いていてくれた。

やがて興奮がおさまってきたとき、喜平次は漸《ようや》く、相手が、自分よりもかなり年上の女であるということに気づいた。

「はじめてだったの？」

と女は問うたが、肯定するのが恥だと思った喜平次はむっつり押し黙っていた。

すると女は、

「あたしなんかがはじめてで、申し訳なかったね」

予想だにしなかった言葉を口にして、喜平次を驚かせた。

「枕代はいいよ」

「え？」

「あたしみたいな年増が、あんたみたいな若い人抱けるなんて、それだけで有り難いってもんさ。あんたにはいやな思い出になっちまったろうけど」

「なに言ってんだよ。そうはいかねえよ」

若僧扱いされ、舐められたかと思い、喜平次はむきになって言い返した。

「はじめてなんかじゃねえし、買った以上は、ちゃんと金払うよ」

「だったら、もう一回抱いて――」

言うなり、女は自ら、その身を喜平次に委《ゆだ》ねてきた。

しっとりとして重みのある女の体を両腕に抱きとめた喜平次は、自らの肉体が再び女を求めていることにやっと気づいた。

その固く屹立《きつりつ》したものを女が手で触れて確認し、

「やっぱり、若いよねえ」

と意味深に微笑んだ瞬間、喜平次の全身に、異様なまでの興奮が漲《みなぎ》った。

喜平次は女を乱暴に組み敷くと、最前女によって導かれたところへ、屹立した塊を勇躍ねじ込んだ。と同時に、激しく腰を上下させた。以前、破落戸が野外で女を強姦するところを盗み見たことがある。そのときの破落戸の様子を思い出しながら、喜平次はそのように振る舞った。

「ああ、堪忍して……」

喜平次の背に強く腕をまわしながら、女が頻《しき》りに訴えていたが、黙殺した。

「後生《ごしょう》だから……」

ときにかん高く、泣いているようにも聞こえるその声音が、女の悦びの声だと知ったのは、ずっとあとになってからのことだ。このときの喜平次は、ただ女を泣かせているという嗜虐《しぎゃく》的な悦びにひたっていたにすぎない。いや、それすらも、再び底知れぬ快感に満たされゆく肉体の歓びにとっては最早どうでもいいことだったが。

「ああ……」

低く短く喘ぐなり、ピクとも反応しなくなった女の上に、次の瞬間喜平次は突っ伏した。目眩《めくるめ》くような充足感で、声もあげられなかった。

その夜鷹の名は、おのぶといった。

歳は聞かなかったが、十七歳の喜平次にとっては、おそらく母親くらいの年齢だろうと思われた。

それからも、おのぶが稼ぎ場としているあたりを訪れ、何度かおのぶを買った。回が重なるたびに、二人は普通に言葉を交わし、互いの身の上を訊ね合う間柄になった。

しばらくして、おのぶが、

「こう見えても、あたしだって、元は歴とした小間物屋の女房だったんだよ」

と言い出したとき、喜平次はさすがに驚いた。

「本当かい？」

「いまはこんなだものね。信じてもらえなくても、しょうがないね」

おのぶは自嘲した。

容姿は至極平凡だが、昼間外へ出ないせいか白粉を塗らずとも肌色が白く、その笑顔には可憐な小動物を思わせる愛嬌があった。

「小間物屋の女房が、なんだってこんな稼業に身を落としたんだよ」

「ある晩押し入ってきた盗っ人どもに、亭主も子供も殺されちまったんだよ。あのとき殺された息子、生きてりゃあ、ちょうど、あんたくらいかねぇ」

「よ、よせよ」

喜平次は本気で狼狽《ろうばい》した。

さすがに、自分の母親と寝ていると考えたら、あまりよい気分ではない。

「あんたは？」

「え？」

「親御さんはいないの？」

「いねえよ」

「二親とも？」

「ああ、捨て子だったんだ」

「そうかい。じゃあ、無理もないね」

おのぶが殆ど無意識に口走った言葉が、喜平次は気になった。

「なにが？」

「え？」

「なにが無理もねえんだよ？」

「二親を知らないんじゃ、仕方ないって思ってさ」

「だから、なにが？」

「あんた、盗っ人だろう？」

「………」

「いいんだよ、わかってんだから。堅気の若い人が、あんな時刻に、あんな場所をうろついてるわけがないんだよ」

「な、なんで、盗っ人だと思うんだよ。堅気じゃねえ商売なら、他にも、いくらだってあるだろうよ」

「この前、町方の手先に追われてたよね」

「え？」

「ひどいじゃないか。助けてやったのに、礼も言わずにさっさとずらかっちまうんだから」

「え？　あ、あんときの……じゃあ、あれは、おめえだったのかい」

喜平次は驚き、おのぶの顔をじっと見返す。

あのときは顔もろくに見ていないから、いくら矯《た》めつ眇《すが》めつ見つめたところで、なにも思い出すことはないのだが。

「なんでいままで黙ってたんだよ」

「最初はあたしも気がつかなかったんだよ。袖を引いた男の顔を、いちいち覚えちゃいないからね」

窺うような喜平次の言葉を、おのぶは明るく笑い飛ばした。喜平次の強い猜疑心をも瞬時に解かす朗らかな笑顔だった。

「あ、あんときは、世話になったな」

喜平次は仕方なく、遅れ馳せながらの礼を言った。

「いいんだよ、別に」

「けど、なんで盗っ人と承知で、助けたりしたんだよ？　おめえの亭主と息子、盗っ人に殺されちまったんだろ」

「だってあんたは、人殺しじゃないみたいだからさ」

「なんでわかるんだよ？」

「わかるんだよ、こんな商売してるとね。お前さんは人殺しの顔じゃないよ」

「…………」

ひどく鷹揚な——まさしく母親のような口調で言われて、喜平次は些《いささ》か憮然とした。

面構えの太々《ふてぶて》しさには自信があった喜平次にとって、それはひどく心外な言葉だった。とても堅気には見えない、と言われるその面構えのおかげで、若年ながらも、賭場や酒場で一目《いちもく》置かれるようになってきたのだ。それを、人殺しの顔ではないとは、一体どういうことだろう。

「目を見ればね、わかるんだよ。悪ぶってても、あんたは本当の悪人じゃないよ」

このときおのぶが本気で言ったとすれば、誰よりも早く、喜平次を理解してくれたのは、彼女であったのかもしれない。重蔵と出会うよりも、ずっとずっと以前のことである。

「なに言いやがる。俺はろくでなしの悪党だ」

喜平次はむきになって言い募った。如何に母親くらいの歳であれ、おのぶは自分の女だ。その女に侮られているのは男の恥である。

「人殺しをやってねえのは、たまたま機会がなかったからだ。そのうち、やるさ。俺は、根っからの悪党なんだからな」

「そうかい」

「馬鹿にすんなよ。本気だからな。何人だって、ぶっ殺してやるよ」

「ああ、怖い、怖い。あたしのことは殺さないでおくれよ」

悔し紛れに喜平次は嘯《うそぶ》いたが、おのぶは一向取り合わず、肩を竦《すく》めて笑っていた。大店や富裕な家で飼われる恵まれた雌猫のように満ち足りた笑顔であった。

そして、笑われた口惜しさよりも、このとき喜平次の心を満たしていたのは、生まれてはじめて他人からもたらされた深い安堵感だった。はじめて味わうそのなま温かく擽《くすぐ》ったい感覚に、だが喜平次はただ戸惑うばかりだった。

「俺、おのぶの用心棒になってやろうか」

と喜平次が切り出したのは、おのぶが塒《ねぐら》にしていた吉田町《よしだちょう》の廃屋《はいおく》で一時睦《いっときむつ》んだあとのことである。

母親のような歳であろうと、おのぶは喜平次にとってはじめての女だ。その後何度も情を通じた。

たとえどれほど年の差があろうと、一度情を通じればただの男と女だ。喜平次は忽ちおのぶにのめり込んだ。

最近誰かにあとをつけられているようで怖い、というおのぶの言葉は、男に対する甘えだろう、と喜平次は思った。甘えられたことが、喜平次には嬉しかった。一人前の男として認められたような気がした。

「最後に客をとる時刻と場所を決めておけよ。そしたら俺が、必ずそこまで迎えに行ってやるから」

「あら、嬉しい」

案の定、おのぶは容易く喜んだ。

それが、彼女の恐れが本物だからなのだと察してやるには、そのときの喜平次はあまりに経験不足な若僧すぎた。

親子ほど歳の離れた女が、柄にもなく若い男に甘えているのだとばかり思い込んでいた。

だからその夜、約束の刻限が近づいているというのに、つきを理由に、喜平次はなかなか賭場を去ることができなかった。

喜平次が漸く賭場を出たのは、それからたて続けに三回ほど、勝ち目をあてたあとのことだ。

（たまにはおのぶに、美味《うま》いもんでも食わせてやるか）

大きく儲けていい気になっていた喜平次は、暗い夜道を歩きはじめてからしばらくして、漸く、おのぶとの約束を思い出した。

（いけねえ。すっかり遅くなっちまった。おのぶは、もうとっくに塒へ帰ったろう

な)

と思い、一応彼女の稼ぎ場である柳原《やなぎわら》の土手を通って塒に戻った。

だが、塒におのぶの姿はなかった。最後の客にしつこくされているのかと思うと、気の毒になったが、どうすることもできない。

その夜おのぶは、塒に戻ってこなかった。その次の夜も、そのまた次の夜も、戻ってこなかった。

首を絞められて絶命したおのぶの死骸が、大川にあがったのは、それから数日後のことである。

町方と関わり合いになるのを怖れた喜平次は知り合いだと名乗り出ることもできず、ただ他の野次馬たちの背後から見守るだけだった。

戸板に載せられ筵《むしろ》をかけられた死体が、木戸番の番太郎と目明かしの手先たちに担がれ、番屋へ運ばれてゆくのを、ただ黙って見送っていた。筵から覗く着物の柄で、それがおそらくおのぶの死骸なのだと、喜平次は判断した。死に顔すら、見てやることはできなかった。

それだけが、いまでも唯一つの心残りだった。

三

昼過ぎから降りだした雨が、すべてを、鈍く陰気な色の中に閉じ込めている。

夕刻にさしかかり、水墨画に描かれたような景色の中を歩いていると、それだけで気が滅入った。不意に視界が滲んだことを不思議とも思わなかったが、なんのことはない。期せずして涙が溢れたのだ。

(いまごろになって……)

喜平次は自分でもそのことに戸惑った。

もう二十年も前のことだ。実際長いあいだ忘れていたし、思い出すことも殆どなかった。

もし彼が、いまも同じ稼業に手を染めていたなら、きっと一生、思い出すことはなかったに違いない。

(だがいまは、追われる側じゃなくて、下手人を追う側だ)

顔に降りかかる雨を払いもせずに、喜平次は先を急いだ。

雨脚は強くなるばかりだ。

傘をさしていても、傘から溢《こぼ》れる水滴で肩先が夥《おびただ》しく濡れる。喜平次は一途に足を速める。

こんな日、夜鷹たちは、日が落ちる前からまちの軒々に身を潜め、男を待つ。荒れ寺のお堂や廃屋など、日頃から稼ぎ場を持っている者は、悪天候などものともしない。長雨を理由に稼ぎを諦めていては、夜鷹は皆飢え死にしてしまう。

(そんな可哀想な女を、なんで殺したりするんだよ)

喜平次は、やっと気づいて顔に降りかかる雨を——いや、涙を拭った。

「どうしたんだよ、兄貴?」

看板の行灯《あんどん》に火を入れようとしていた与五郎は、ずぶ濡れの喜平次を見ると当然驚きの声をあげた。

一度は本降りになった雨も、すっかり日が暮れ落ちる頃にはあがっていた。商売になるのかどうかは別として、こんな夜にも屋台を出そうという与五郎の心がけは立派である。

「こんなに濡れて……」

自らの首にかけた手拭いで喜平次の鬢《びん》を拭いながら、与五郎は心底心配そうに言う。

「傘さねえで歩いてきたの？」

「さしてたよ」

「じゃあなんでこんなに濡れてるの？」

「知らねえよ」

「ほら、じっとしてて――」

「いいよ、大丈夫だよ」

頭に触れる与五郎の手が擽《くすぐ》ったくて、喜平次は無意識に後退《あとじさ》った。他人にそんなことをされたのは、子供の頃養家の女房に風呂に入れてもらって以来のことである。お京にだって、髪を洗ったり、拭いてもらったりしたことはない。

「それより、蕎麦《そば》、食わしてくれよ。すぐできるか？」

「ああ、できるよ。ちょうど火を入れたところだから」

与五郎は素直に屋台の後ろ側へ戻り、手早く蕎麦を作りはじめる。

「はなまきとしっぽく、どっちがいい？」

「かけでいいよ」

「じゃあ、海苔と板わさ、両方のせとくね」

喜平次の言葉も耳に入らぬ様子で楽しそうに蕎麦の湯切りをし、出汁《だし》をはった丼《どんぶり》の中に入れ、その上に菜箸で具をのせてゆく与五郎を、喜平次はぼんやり眺めていた。どこから見ても、立派な蕎麦屋の為様《しざま》であった。元々生真面目で真っ正直な性質であるため、なにをやっても瞬《また》く間に身につくのだろう。

（盗っ人の家なんかに引き取られなかったら、なんでも、てめえのなりてえもんになれたろうになぁ）

与五郎を見るたび、ついそんなことを考えてしまうのは、喜平次の老婆心というものだった。

「約束守ってくれたんだね、喜平次兄貴」

丼を喜平次の前に差し出す際の与五郎の言葉にも、操ったさを感じずにはいられない。何故この男は、ここまで直《す》ぐで純なのだろう。《霞》兄弟の末弟として育った日々が幸せだったからに相違あるまいが、だからこそ、この男を盗賊の道に引き入れた運命が、憎い。

「美味い」

まず、熱々のつゆをひと口啜《すす》ってから、喜平次は呟いた。

濡れて冷えた体には、温かいものがしみる。出汁のとり方から、料理上手の兄の晋三に教わったと自慢するだけあって、確かになかなか好い味だ。それから箸上げした蕎麦をふうふうと息で冷ましてから、おもむろに口へ入れた。

(惜しい――)

先日偶然立ち寄った夜鷹蕎麦屋は職人はだしの美味しさだったが、それに比べるとやや劣る気がするのは、蕎麦自体のコシの弱さだろう。味つけだけなら教わったとおりにやればいいが、蕎麦打ちのほうはそれなりの年季がいる。一朝一夕《いっちょういっせき》にどうにかなるというものではないようだ。

「どうかな?」

「美味いよ」

少年のような瞳で問われると、喜平次は即答するしかない。

「本当かい?」

「ああ、生き返るぜ」

あとは濡れた体の冷えと空腹とが先に立って、喜平次は夢中で蕎麦を貪り食った。

そもそも、与五郎の屋台を訪れた目的の大半は、それである。丼の蕎麦を殆ど片づけたところで、漸くささやかな目的のほうも思い出した。

「ところで、探索のほうはどうなってる?」

「え?」

「《花桜》一味のだよ。ちったあ、目星がついたのか？」

低く声を落として問うと、

「ああ」

意外や与五郎は、力強く肯いてみせる。

「目星と言えるかどうかわかんないけど、怪しい奴は見つけたよ」

「本当か？」

「うん。何度も、見かけたんだよ」

「何度も？」

「おいらが店を出すのは、この永代橋の袂と、駿河町《するがちょう》の越後屋《えちごや》とか、まあ、めぼしいお店の近く……何カ所かあるんだけど、何処に屋台を出してても、必ずそいつを見かけるんだ。絶対おかしいだろ」

「本当か？」

喜平次は表情を引き締めて問い返す。

「間違いないよ。あの顔は、一度見たら、絶対に見忘れない」

「どんな男だ？」

「どんなって……」

しばし考え込んでから、つと与五郎は瞳を輝かせて喜平次を見た。

「来た」

「え？」

「いま、橋を渡ってくるよ」

「なんだと？」

「駄目だ。見ないで、兄貴」

勿論喜平次は、与五郎の言葉に反応してすぐに後ろを振り向くような真似はしない。しないがしかし、丼の汁を飲み干しながら、巧みに体の向きを変え、飲み干して丼を屋台の上に戻す瞬間、一瞬だけ、チラリと背後を盗み見た。なんの淀みもない、至極自然な所作だった。

折しも、野暮《やぼ》ったい茶弁慶《ちゃべんけい》を着た四十がらみの平凡な顔の男が、悠然と橋の中央を渡ってくるところだ。一目見たら絶対に見忘れないというほどの特徴はないが、目つきが悪く、確かに堅気とは言い難い雰囲気がある。

「あの茶弁慶の男か？」

「おいらが店を出してると、日に一度は必ず通りかかるんだ」

「よく気がついたな」

あんな目立たねえ顔、という言葉は呑み込んだ。折角《せっかく》与五郎が見つけた男だ。ケチをつけるようなことを言うべきではない、と思ったのだ。

「だって、目つき悪いだろ」

事もなげな与五郎の言葉に、喜平次は内心舌を巻いていた。

（こいつ、天性、密偵の素質があるんじゃねえか）

与五郎は、盗っ人渡世についての知識に乏しく、名だたる一味の名前もろくに知らないことでは、堅気と殆ど変わらない。だが、特に際立った特徴のない男を見ても、その目つきの剣呑さだけで、与五郎はそいつに目をつけることができた。

「お手柄だぜ、与五」

言い置いて、喜平次は与五郎の屋台を離れた。茶弁慶の男のあとを尾行《つ》けるためにほかならなかった。

四

「こ、こんなに、いいのかい？」

女は、驚嘆と歓喜と媚《こび》の入り混じった声をあげ、上目遣《うわめづか》いに男を見た。

「ああ、いいよ」

既に身繕《みづくろ》いを整えた男は背中から事もなげに応える。男にしてみれば、岡場所に登楼《あが》るよりずっと安上がりに女が抱けるので重宝《ちょうほう》しているにすぎない。ちょっとくらい色を付けたところでたかが知れている。だから、女が手放しで喜ぶさまを見ると内心の苦笑を隠し得ない。

「そんなに大袈裟に言うほどたいしたもんじゃねえや」

「そんなことないよ。あたし、こんなにたくさん、枕代もらったことないもの」

阿《おもね》るように女は言い、男の背に甘くしなだれた。

上客だ。

言い値より多くの金を払ってくれる客など、滅多にいない。こんな上客なら、できれば今後も贔屓《ひいき》にしてほしい。だからつい、引き止めたくもなる。

「ねぇ、今夜はこんな雨だし、朝までずっといてくれてもいいんだよ」

女は、鼻にかかった甘え声で男を引き止めようとした。

「沢山《たくさん》もらったぶん、お返しするからさぁ」

「そうかい？」

「ああ、いいよ。あんた、いい男だし――」

言うなり女は、それまで軽くしなだれたり、ゆっくりさすったりしていた男の背に、ぎゅッ、と、きつく縋《すが》りついた。

商売女のすることだとわかっていても、縋りつかれれば悪い気はしない。元々、好色故に女を買ったのだ。本音を言えば、もっともっと、その体を貪り尽くしたい。

「ねぇ」

耳許で甘く囁かれると、何故岡場所に登楼ったり、女の許に長居してはいけないのか、その理由を、男は忽ち忘れてしまった。

「おいおい、女から、そうまで誘われちゃあ、恥かかせるわけにはいかねえよなぁ」

溢れる劣情で弛みきった顔の男は振り向きざま、女の体を抱き返した。

寛げたままの衣紋《えもん》から覗く項《うなじ》が透けるほど白く、そこだけ見ていると、まるで身分の高い上臈《じょうろう》を抱いているような錯覚をおぼえる。それが、今夜この女を選んだ理由だった。

「あぁ……」

床に押し倒されて、その冷たさと堅さに、女は思わず声をあげた。その声を、男は女の悦びの声と思い込んだ。

（つたく、売女《ばいた》ってのは、つくづく好きもんだぜ）

女の上にのし掛かり、体をまさぐるが、その荒々しいやり方を、女が内心嫌ってい
ることなど、男は全く気づいていない。

（早く終わって……）

女は必死で苦痛に耐えている。

ここは我慢して男に喜んでもらい、できれば次回に繋げたい。

だが、男のあらゆる下品な所作には平然と耐えた女も、その両手が己の首にまわさ
れたとき、さすがに身を固くした。

「え？」

だが男は、意にも介さず、その手に力を込めてゆく。

「くぅっ……」

首を絞める手に力がこもれば、当然女は苦しさに身を捩《よじ》る。

「く、苦しいよ」

「いいんだよ、こうすると……」

女が苦痛を訴えているのとは裏腹、男は次第に陶然とした顔つきになる。

（殺される？）

女は本能的に恐怖を覚えた。

乱暴な男なら、数えきれないくらいお目にかかってきた。だが、その最中に首を絞められたことなど一度もない。

「ああ……」

男の口から無意識に喜悦の吐息が漏れると、女の首を絞める手に更なる力がこめられる。

「い、いやだよ。……は、はなしてよッ」

「おい、おとなしくしねえか」

女は激しく抗《あらが》い、男は一層強くその首を絞めた。

「はな…してぇ……」

女の意識が遠のきはじめたとき、

ドガッ、

不意に、板戸が激しく蹴破られる音がした。

「やめろ、この下司野郎《げす》ッ――」

次いで、怒声とともに堂内へ飛び込んできた強面の男が、女の上にいた男の後頭部をいきなり蹴りつけた。その勢いで、

「うわぁッ」

男は容易く女の腹の上から転がり落ち、落ちたところ、その弛《ゆる》んだ脇腹を、更に激しく蹴りつけられる。

「ぎゃッ」

男は堪らず悶絶し、腹を押さえて一方の壁際まで転がった。

「な、なにしやがるッ」

「うるせえ、この人殺し野郎がッ」

「ひ、人殺し？」

腑に落ちないといった表情で顔をあげかける男の襟髪《えりがみ》を、その強面の男――喜平次は乱暴に摑み上げ、

「罪もねえ女たちを手にかけやがって」

叱声とともに、顔面に一発――。

がぁッ、
濁音と悲鳴が入り混じる。

「な、なんのことだか……」

だがそいつは、絶え絶えの息で口走った。

「今更すっとぼけんじゃねえや」

と、また一発、喜平次は男の横っ面を殴る。それだけでは足らず、間髪《かんはつ》入れずに鳩尾《みぞおち》へ一撃、膝蹴りをくれる。

「てめえもじきに獄門行きだ。観念しやがれ」

強《したた》か殴られ、蹴られてぐったりした男の体を、喜平次はその場へ、乱暴に組み敷いた。組み敷かれた男は、半ば意識を失っている。

「おい、大丈夫か？」

喜平次はふと女のほうを顧みた。

「は、はい……」

女は前を掻き合わせつつ、満面を恐怖に引きつらせている。喜平次のことを、どうやら自分を助けてくれた相手と認識はしているものの、如何《いかん》せん顔が恐すぎた。助けてもらった喜びよりも、今度はこの強面の男からなにをされるのか、その恐怖故に身動きができない。

「怪我はねえか？」

「ええ…た、たぶん……」

「危ねえとこだったたな」

「え？」

「おめえ、こいつに、殺されるとこだったんだぜ」

と喜平次に言われ、女は絶句した。くっきりと男の指跡が残る自分の首の根あたりを、無意識に触れている。

言われてみると、男に絞められたあたりが、火で炙《あぶ》られたようにジリジリする。殺されかかった恐怖と、間一髪で助かった安堵感が同時に訪れ、すぐには、泣いていいのか笑っていいのかもわからなかった。だから暫くは無表情で、喜平次の強面を見つめていた。

五

「えぇッ？」

喜平次は驚愕し、

「あの野郎、夜鷹殺しの下手人じゃねえんですかい」

大きく目を剝いて重蔵を見返した。

ただでさえ凄みのある面構えが、重蔵でさえギョッとするほど迫力ある表情を見せる。見馴れている重蔵でも、さすがに内心いい気はしない。

「だって、首を絞めてたでしょうが」

「うん」

「下手人じゃねえなら、なんで女の首を絞めてたんですよ?」

「それはその……野郎が言うには、ああやって女の首を絞めると、その……女の締まりがよくなって、気持ちいいんだとよ」

「なんですって?」

喜平次は思わず声を荒げる。

「だから、それはあの野郎の癖《くせ》なんだとよ」

苦《にが》りきった顔で、重蔵は応える。

「なんですよ、癖って?」

「だからぁ、おめえにだってあるだろう。女を抱くとき、上からがいいとか下がいいとか、後ろからがいいとか……それと同じだよ」

「女の首を絞めるのが、それと同じなんですか?」

「ああ、そうだよ」

ぶっきらぼうに、重蔵は応え、そっぽを向いた。言いたくもないことを口にする羽目に陥り、重蔵の機嫌は俄《にわか》に悪くなる。

「でも、首を絞めたことは認めてるんですよね？」

だが喜平次は、なおも食い下がった。

「それは、まあ……」

「じゃあ、これまでにも、強く絞めすぎて殺しちまったことだってあったんじゃないんですかい」

「それはまだわからねえが……」

「厳しく締めあげれば、吐きますよ。厳しく責めてくださいよ、折角捕まえたんだから」

「それが、できねえんだよ」

重蔵は苦い顔で言い、お京が淹《い》れてくれて、とうの昔に冷めてしまった茶をひと口啜る。別に茶が飲みたいわけではない。むきになった喜平次の勢いに対して、到底間《ま》がもたないからだ。

「なんで、できねえんですよッ」

「あの男の身柄が、火盗に移されたからだよ」

「え？」

「あの男――《摽《はなだ》》の喜助《きすけ》って奴ぁ、どうやら花桜一味の手先らしいじゃねえか。おめえだって、それははなからわかってたんじゃねえのか？」

「………」

「それがわかってたから、あいつのあとを尾行《つ》けてたんだよな？」

重蔵に鋭く指摘され、喜平次は気まずげに押し黙った。

重蔵の言いつけを忠実に守ったからこそ、喜平次はその男のあとを尾行けた。最初に見つけたのは、与五郎だが。

数日のあいだ、尾行《つ》けた。《花桜》一味の探索をしていたのだ。

その結果、あの現場に辿り着くことができた。《花桜》一味を追っていて、たまたま夜鷹殺しの下手人を捕らえてしまった。そこには、なんの矛盾もない筈だ。なのに、何故自分が、不愉快な詰問をされねばならないのか。

そんな内心の不満が、あきらかに顔に出たのだろう。

重蔵は、深く短い溜息をついてから、

「青次から聞いたよ」

空になった喜平次の猪口へ、ゆっくりと酒を注いだ。喜平次は無言でそれをあける。

重蔵は、自分は飲まずに、思案顔でじっと見つめた。

「おめえが、夜鷹殺しの下手人をあげてえ気持ちはよくわかるよ、喜平次」
俺も、大事な女を殺されてるからな、という言葉は喉元で呑み込んで、重蔵は更に続けた。
「確かに、夜鷹殺しも、許し難ぇ重罪だ。できるもんなら、下手人は捕らえてえよ」
「だったら——」
喜平次が思わず声を荒げかけたとき、
べん、
べべん、
と、お京の爪弾《つまび》く三味線の音が、二人の会話に割って入った。もとより、二人の話の邪魔をせぬよう、隣室で無聊《ぶりょう》を託《かこ》ったために三味線を手に取ったお京には、なんの意図もない。なんの意図もなく、ただ己のしたいことをしたにすぎない。なのに重蔵と喜平次は、その厳しい音色に、まるで母親から叱責されたかのような錯覚をおぼえた。
「極悪な押し込みの一味を、一刻も早く捕らえねえと、又候《またぞろ》罪もねえ人々が命を奪われることになるんだよ」
「だったら夜鷹は、罪もねえ人々じゃねえんですか？　あいつらは、殺されて当然なんですかい？」

母親に叱責された子供は、口々に苦しい言い訳を口にせざるを得ない。

「そんなことは言ってねえだろ」

「でも、夜鷹の命がどうでもいいって思ってることは間違いねえでしょう」

「思ってねえ！」

「いや、思ってるんだよ、旦那はッ」

「喜平次ッ」

たまらず重蔵が声をあげかけたとき、

かんかんのう　きゅうれんす

お京が不意に、破調な俗謡を謡いだした。

にいくわんさん

いんぴんたいたい……

その卑猥《ひわい》な歌詞の意味よりも、もっと馬鹿馬鹿しいことを、あんたたちは言い争ってるんだよ、と言いたいのだろう、お京は。怖いほど聡明な女だ。

重蔵も喜平次もともに口を閉ざし、しばしお京の唄に聞き入った。

やがてお京のかんかん能が一段落したところで、重蔵はいつもの彼の口調に戻って喜平次に呼びかけた。

「なあ、喜平次」

「そんなに夜鷹殺しの下手人をあげてえなら、気のすむまで調べるんだな」

「え？」

「好きにしろって言ってんだよ」

「いいんですか？」

「心をすっかり、どこかへ持っていかれちまってる男に、てめえの思いと違うことをやらせようなんざ、土台無理な相談だからなぁ」

「旦那」

喜平次の目に、忽ち熱いものが漲る。

「但し、本気で夜鷹殺しの下手人を捕らえる気なら、一人じゃ無理だ。それはわかるな？」

「はい」

喜平次は素直に肯いた。

一旦気持ちを鎮めてみれば、喜平次にも、重蔵の言いたいことはよくわかる。わかれば即ち、闇雲に自分の思いを押し通そうなどというつもりはさらさらない。

「すみません」

喜平次は即座に頭を下げた。

「わかってくれたな」

重蔵は微笑し、

「おい、お京、そろそろ酒のおかわりをくれねえか？　俺も飲みたくなったよ」

背中から、隣室のお京に向かって言った。

「はい、ただいまッ」

待ってましたとばかりなお京の応えが即座に返ってくる。

「旦那……」

「ありがとうよ、喜平次。おめえは俺の言いつけどおり、《花桜》一味の探索をしてくれた。そのおかげで、喜助を捕らえることができたんだ。あとは火盗が喜助を締め上げて、洗いざらい、吐かせるだろう。お手柄だぜ。まあ、一杯飲もうじゃねえか」

重蔵の言葉を最後まで待たず、喜平次の両目は既に赤く泣き腫らされていた。気難しいところのある男だが、心の奥底にひた隠した思いを大切に掬《すく》い上げ、両手で抱えるようにして庇ってやれば、忽ち心を開いてくれる。それが喜平次だ。頭ではわかっていても、そのさじ加減は限りなく難しい。

（ったく、難しいよ）

お京が酒と肴を運んできてくれるまでの長くも短くもないあいだ、しみじみと重蔵は思った。

第四章　夜鷹殺し

一

「どうです、旦那？」

お京が重蔵に問うたのは、幕がおりて暫くしてから——周囲もざわめきはじめてからのことである。

幕がおりる前から、周囲には啜《すす》り泣きが起こっていた。どうやらお京も、泣いていたようだ。

重蔵もしばし目を閉じ、芝居の余韻にひたっていた。

終幕の喝采の後、一瞬間の静寂があり、そののち、客席がざわめいた。

昼時故《ゆえ》、弁当屋が弁当や菓子を売りに来る。桟敷《さじき》や枡《ます》の客は茶屋を通しているため、幕間には黙っていても酒肴や菓子が席まで運ばれてくるが、安い木戸銭で木戸から入った土間の客は、弁当も酒も自分で調達しなければならない。

そういう土間の客たちのために、小屋には出入りの弁当屋がいる。茶屋が手配する豪華な幕の内弁当とは違い、庶民向けの安価な弁当だが、それもまた芝居見物の楽しみの一つである。昼の休憩時間は一刻もある。二番目の芝居まで見ようという芝居好きは、ここで腹拵《はらごしら》えをしなければならない。

「京弥《きょうや》、いいでしょう?」

重蔵に向かって、というよりは、己に向かって陶然と反芻《はんすう》するかのように、お京は問うた。

「うん、艶《つや》っぽいな」

重蔵は素直に認めた。

ふと思いついてお京の誘いに応じ、朝から浅草寺裏・猿若町《さるわかちょう》の中村座に出向いてみた。

「でしょう? まだ十八ですからね、これから、もっともっと、よくなりますよ」

「ああ、そうだろうな」

気のない口調で言ってから、だが重蔵は思い返し、

「おめえのお勧めの京弥もいいが、俺は、どちらかというと、栄御前《さかえごぜん》役の老《ふ》け女形《おやま》が気になったな。隙のねえ、いい身ごなしだったぜ」

正直な感想を述べてみた。

するとお京は、芝居好きらしく、忽《たちま》ち話にのってくる。

「ああ、梅蔵《うめぞう》ですね。……油殺《あぶらごろ》しのお吉《きち》とか、鏡山《かがみやま》の岩藤《いわふじ》とか、ちょいと癖のある役を得意にしてたんですよ。独特の雰囲気があって。ついこのあいだまでは、政岡《まさおか》や八汐《やしお》だって演じてたんですけどねぇ」

「若い役者が、次々と育ってくるのであろうな」

「ええ、残酷なんですよ、役者の世界は」

お京がしみじみと呟くので、

「同じだろう、お前のいた世界も」

重蔵は思わず苦笑した。

お京がかつて属していた花柳界こそは、その意味で真に厳しい世界であった。

女の花の盛りは短く、できるだけ長く斯界の頂点に居続けようと思ったら、さまざまな欲望に打ち勝つしかない。己を甘やかすことなく、ひたすら芸を磨き続けるしかない。気を抜けば、すぐ下の者に追いつかれ、追い越されてしまうだろう。

お京はその熾烈《しれつ》な戦いの中、何年ものあいだ、深川一と称され続けた。

(それに比べりゃあ、武士の世界なんてのは、存外《ぞんがい》生ぬるいもんかもしれねえな)

問題は山積みだというのに、朝っぱらから暢気《のんき》に芝居見物をしている己を、重蔵は自ら嘲《あざけ》った。

本日、一番目の演目『伽羅先代萩《めいぼくせんだいはぎ》』は、人形浄瑠璃《じょうるり》を元にした有名な話で、重蔵のような芝居に疎《うと》い者でも知らぬ者のない名作だ。若君の乳母《うば》である政岡の子・千松《せんまつ》が、主君の身代わりになって自ら毒入り饅頭《まんじゅう》を口にする御殿《ごてん》の場で涙せぬ者は人ではないとまで言われる。前半の山場であるこの御殿の場の出来がよすぎると、次の床下《ゆかした》の場、対決《たいけつ》の場、刃傷《にんじょう》の場といった、本筋の見せ場がかすんでしまうほどなのだ。

そして実際、かすんでしまった。

お京の贔屓《ひいき》の京弥は、政岡を演じるには少々若すぎたが、悪くはなかった。気丈な女が、一人になってやっと我が子の亡骸《なきがら》を抱きしめ、悲嘆に暮れるところは圧巻だった。いま重蔵の脳裡には、仁木弾正《にきだんじょう》と渡辺外記《わたなべげき》による派手な刃傷の場の印象など殆ど残っていない。

「そうだ、旦那、お弁当、買いましょうね」

漸く芝居の余韻が薄れ、空腹を思い出したのか、お京が腰をあげかけるのを、

「いや、いいよ」

と、重蔵は止めた。

「え？　お腹すかないんですか？」

「俺はもう帰るよ」

「え、二番目、見ていかないんですか？」

「ああ、さすがに丸一日芝居小屋に入りびたってるわけにもいかねえからな」

「でも、明烏《あけがらす》ですよ。京弥の浦里《うらざと》ですよ」

「残念だけど、また今度にするよ」

重蔵は立ち上がり、

「旦那ぁ」

呼び止めるお京に軽く手を振りながら、重蔵は踵《きびす》を返した。

(どこへ移そうが、変わらねえな)

熱気に噎《む》せ返る小屋から木戸の外へ出て、畦道《あぜみち》を歩きながら、重蔵はぼんやり考えた。

狸《たぬき》の出そうな田舎《いなか》に移っても、客足にはなんの影響もないらしい。

同じ場所に移された、市村座、結城座《ゆうきざ》も、おそらく似たり寄ったり——今日も満員の客の入りだろう。

どんなにお上《かみ》が――老中が、質素・倹約を唱えて締めつけようが、楽しみを奪おうと躍起になろうが、庶民はものともせず、食べたいものを食べ、見たいものを見続けるに違いない。

(ご老中にはお気の毒だがな)

重蔵は内心ざまあみろ、と思わずにいられない。

芝居小屋を出た重蔵は、そのまま浅草寺をまわり、伝法院《でんぽういん》の中を通って、広小路へ出た。

珍しく朝から晴れていて、少し蒸し暑い。雨に濡れるよりもなお不快であった。

(尾行《つ》けられている)

ということに気づいたのは、大川橋《おおかわばし》の袂《たもと》まで来たときだ。

ゆっくり市中を見廻りがてら奉行所に戻ろうと思っていた重蔵は、不意の緊張感に襲われ、つと我に返った。

兎《と》に角《かく》、剣呑な気配である。

(俺に恨みをもつ者か?)

《仏》のあだ名で呼ばれてはいても、お縄にされた下手人の側からすれば、鬼か蛇だ。逆恨《さかうら》みするのも無理はない。

(恨みってのは、厄介なもんだ)

色恋と同じで、理屈が通用しない。

(いっそ、人気《ひとけ》のないところへ誘い出して片づけるか？)

本物の《仏》ならば絶対考えそうにないことを思案しながら、重蔵は更にゆったりとした足どりになった。

尾行者は、どうやら一人であるが、いつぞやのように、行く手で待ち伏せする者があり、誘い出すつもりが、実は巧みに誘い込まれているのかもしれない。それ故、迂闊に動き出すことは禁物だ。

大川橋を渡り、川沿いに、本所深川方面に向かって歩く。

尾行者は測ったように一定の距離をとり、ついてくる。

(腕は、かなりたつようだ)

とにかく、尋常な気配ではなかった。

重蔵に対する憎悪も、夥《おびただ》しいものである。背中にピタリと白刃をあてられるような心地がした。だが、

（殺されるな）

と思う一方で、実は腹が減って仕方なかった。当たり前だ。昼時なのだ。

（弁当くらい、食ってくればよかったなぁ）

川沿いに建ち並ぶ飯屋、料理屋からは、軒並み美味《うま》そうな匂いが漂ってくる。

（やり合うにしても、空きっ腹じゃ、なにかと不都合だしな）

重蔵は堪《こら》えきれなくなり、何度か入ったことのある蕎麦屋《そばや》に入った。

「おや？」

混み合った店の中に知った顔を見出すと、重蔵はすかさず、彼の前の床子《しょうじ》に腰を下ろした。

「よう、青次」

「………」

驚いて顔をあげた青次は、重蔵の顔を見ると、あやうく喉《のど》に蕎麦を詰まらせかける。

「な、なんだよ、いきなり……びっくりするだろ」

「おめえこそ、なにやってんだよ」

「なにって、見てのとおり、蕎麦食ってんですよ」

「なんでこんなとこにいるのかって聞いてんだよ。この店は、おめえんちからわざわざ食いに来るには、ちょいと遠いんじゃねえのか？」

「だ、だから、お店に品物届けた帰りなんですよ」

「何処《どこ》の、なんてお店だよ？」

我ながら意地が悪いと承知の上で、重蔵は青次に問うた。

「な、なんでそんなこと、いちいち旦那に答えなきゃならねえんだよ」

青次は当然、真っ赤になって言い返す。

と、そこへ、

「旦那、今日はなに召し上がります？」

店の看板娘・お香《こう》が、注文をとりにきた。

「そうだな。せいろを二枚もらおうかな」

「はい、かしこまりました」

お香が去るまで、青次は終始顔を俯け、既に残り少なくなった丼の蕎麦を覗き込んでいた。その様子を、重蔵がニヤニヤしながら見つめているとも知らずに。

「いくつになるのかなぁ？」

「知らねぇよ」

青次がぶっきらぼうに口走ったのは、寧ろ重蔵には好都合というものだった。顔を背《そむ》け、不機嫌な声を出すほどに、重蔵にはその心中が手に取るようにわかってしまうのだ。

「たしか、今年で二十二だったかな。童顔のせいか、若く見えるな」

「よく知ってますね」

目を瞠《みは》って、青次は問い返す。

「俺はこの店の常連だよ」

重蔵は愉しげに嗤《わら》い、青次はいよいよ落ち着きを失ってゆく。

「与力の旦那が来るような店ですかね」

憎まれ口をききながらも、

「お、お香ちゃんて、独り身なんですかね」

身を乗り出して、青次は訊ねた。

てっきり、まだ十七、八の小娘かと思っていたのだが、二十二歳で未婚とは考えにくい。だが、その割には、髪の結い方や着物の感じなど、どう見ても、嫁入り前の娘のものなのだ。

「お香はこの店の一人娘だからな。親父《おやじ》は蕎麦職人を婿《むこ》にして、店を継がせてえんだよ」

「蕎麦職人ですか……」

青次は明らかにガッカリした顔つきになる。

「なんでえ、おめえ、宗旨替えしたのか？」

重蔵は内心面白がっている。

「どういう意味だよ」

「若い娘には、興味なかったんじゃねえのかい？　それとも、矢場女《やばおんな》に袖にされたんで、堅気《かたぎ》の娘のがよくなったのか？」

「そ、そんなんじゃねえよ」

青次は真っ赤になって否定してから、

「小娘にしちゃあ、よく気が利くし、妙だなぁ、と思ってたんですよ。二十二なら、立派な年増だ」

悔し紛れの憎まれ口をきいた。

「いまからでも、遅くねえぜ、青次」

「え？」

「いっそ、蕎麦職人に弟子入りしたらどうだい？」

「………」

「なあ、悪くねえ思案だろう？」

「冗談もやすみやすみ言ってくれよ、旦那」

青次はさすがに顔色を変え、床子《しょうじ》から腰を上げた。それから無言で勘定を済ませると、

「ったく、なにが蕎麦屋だよ」

なお怒りを隠せぬ様子で店を出て行った。

（あんなに怒るとはな）

重蔵は密かに苦笑した。

錺《かざり》職人になるために何年もつらい修業に耐えた青次だ。そのつらい職人の修業を馬鹿にされたようで、腹が立ったのだろう。

（なんにしても、他の女に目がいくようになったのは、いいことだ）

と重蔵は思った。

それから、お香が運んできた蕎麦を平らげて店を出ると、尾行者の姿も気配も、重蔵の周辺からは消えていた。

（命拾いしたか）

少しく安堵する反面、重蔵は、つけ狙われるという面倒事がいま暫く続くであろう

ことを厄介に思った。

二

子《ね》の刻過ぎ。

あたりは、墨《すみ》を塗り込めたような真闇である。しかも、この世のすべてが寝静まっているかのような静寂の中、聞こえるものといえば 梟《ふくろう》 の低く鳴く音ばかりだ。

そんな闇中に、密やかな足音が響く。

響くと同時に、微《かす》かな吐息も漏らされた。

「ねぇ」

そして、遠慮がちな囁き声。

「あ、遊ばない？」

少し間があいたのは、躊躇《ためら》っているのだろう。大方、この商売に身を落として、まだまもないのだ。

だから男は、袖《そで》を引かれたわけでもないのに足を止めて顧《かえり》みた。

「おいらのことかい？」

女は白い手拭《てぬぐ》いを頭巾《ずきん》のように用いて顔を隠している。

「どうしたい？　おいらのことじゃねえのかい？」

「いえ、あの……」

男の袖をとって引き止めることも知らず、声も聞き取れぬほど控えめな女は、問い返されると、戸惑うばかりである。

「いいよ。買ってやるよ」

「…………」

女は微かに肯《うなず》いた。

「行くかい」

男のほうも手拭いで頰被《ほおかむ》りをしているため、互いに相手の顔を確認していない。確認せぬまま商談を成立させると、男が女を促す形で、暗い本堂のほうへと移動した。

無論、無人の寺の本堂だ。人気《ひとけ》はない。

堂内に入ると、女は無言で、袂《たもと》から取り出した蠟燭に火をつける。夜鷹の必需品だ。

女が火をつけているあいだに、男は素早く女の背後に忍び寄った。女は背が高く、

「…………」

歩いているときは男と変わらぬ背丈であったが、いまは腰を落としている。

「ねえさん、年はいくつだい？」

男は問うが、無論女は答えない。ここへきて、そんな無粋な問いに答える女など、いるわけがない。

「まだ、この商売はじめたばっかりなんだろう？」

頬被りを解いた男はゆっくりと女の背後に立ち、その白い項《うなじ》に向かって言う。

女は無言で小さく肯いた。手拭いの頭巾は被ったままだ。或いは、そのまま男に抱かれるつもりかもしれない。

「そうかい。やっぱりな」

得たりとばかり、男はほくそ笑む。

「だったら、いまのうちに、楽にしてやるよ」

白くて細い女の首に、男はゆっくりと手拭いをかける。勿論、両端をしっかり摑んだ状態で——。

「薄汚ねえ男どもの手垢にまみれて、汚れちまう前にな」

そのまま、強く、引く。

いや、引いたつもりだった。だが、

ガッ、

次の瞬間、男は翻筋斗《もんどり》うって床に転がっていた。次いで、鳩尾《みぞおち》へ一撃、強《したた》か拳《こぶし》を叩き込まれて、悶絶する。

「うぐぁッ」

悶絶しながら、男はなにが起こったのかわからず、戸惑い、混乱した。

「夜鷹《よたか》殺しの下手人、神妙にしろ」

首にかけられた手拭いを逆に摑み返して瞬時に男を投げ、床に叩きつけたのは、淡《たん》茶《ちゃ》の重《かさ》子《ね》菊小紋を着たその女——いや、実際には、女の着物を身につけた男であった。

頭巾の下のその顔は、女形のように白く、美しい。

「くぅッ」

胸倉を摑まれ、押さえつけられた苦しさに男は呻《うめ》く。

女のように美しい顔の男が、夜鷹を買った男を床に組み伏せ、身動きもかなわぬほど強く押さえ込んだそのとき——。

ドガッ、

と勢いよく、堂の観音戸が表から開かれた。開かれると同時に、黒羽織を着た強面《こわもて》の武士が二人、怖ろしい形相で堂内に飛び込んでくる。

「神妙にいたさぬと、いまこの場にて叩き斬るぞっ」

より怖い顔のほうの男が、低い声音で恫喝《どうかつ》した。

（町方か――）

男は観念し、ガックリと項垂《うなだ》れた。

まさか、町方がこんな囮《おとり》を使うとは夢にも思わなかった。簡単にひっかかったことが口惜しい。

（おしまいだ）

町方に捕らえられれば、死罪は免れないだろう。

その上、切り落とされた首は三尺高い木の上に晒《さら》されることになる。これまで自分のしてきたことを思えば、到底言い逃れなどできる筈もなかった。

ところが――。

その武士たちは、どうやら町方の者ではないらしいと、男は次第に察していった。

「貴様、名は？」

三人の中で最も怖い顔の男が、問うた。

女装の男から鳩尾に一発くらっただけで既に戦意は喪失していたので、男は、殆ど抵抗らしい抵抗はしていない。なのに武士たちは、そんな男に縄をうとうとはせず、いつまでも床に引き据えたままであった。

町方ならば、先ず、なにをおいても、捕らえた下手人にはきつく縄をうつ筈だ。

「名は？」

男は答えなかった。

相手が、町方であれなんであれ、それだけは、どうあっても答えられない。だから、

「後生《ごしょう》でございます」

男は懸命に訴えた。

「罪はすべて認めます。ですから、ご詮議の必要はありません。すぐ死罪にしてくださいませ」

「たわけ」

詰問者は激しく舌打ちし、一層険しい顔つきになる。

「お前を捕らえる気などない」

「え？」

男は耳を疑った。

現場をおさえた役人が下手人を捕らえぬなどということが、果たしてあり得ようか。

では、この武士たちは役人ではないのか。

「それほど死にたいのであれば、殺してやらぬこともないがな。但し、楽には殺さぬ。早く殺してください、と心の底から願わずにいられぬほど拷問し、そうなってからも、なお執拗に拷問する。苦しみのうちに死ね」

「………」

「まだわからぬのか？」

「え？」

「寧《むし》ろ、貴様を応援してやろうと言うのだ」

「………」

男はいよいよ混乱する。

「それ故、何事も包み隠さず、正直に答えよ」

主《おも》に問いを発する、その、四十がらみの武士は、地獄の閻魔《えんま》の如き峻厳な顔つきで言った。囮になった女装の男も、もう一人の強面の武士も、おそらく閻魔の部下なのだろう。

一言も発することなく、ただ無言で、無表情で、男を床に引き据えていた。

「それとも、いますぐこの場にて拷問されるのがよいか？」

ニコリともせずに、閻魔は問う。

「いえ……いいえッ」

男は夢中で首を振った。

拷問、という言葉を聞いた瞬間、「火盗《かとう》」の二文字が脳裡を過《よ》ぎったのだ。火盗のおこなう拷問の凄まじさは、筆舌《ひつぜつ》に尽くしがたいと聞いている。それに「火盗」ならば、下手人を捕らえるのに手段は選ばない。囮だって使うだろう。

「では答えよ。そのほう、どこの何者だ？　名はなんと申す？」

「ど、どうか、名だけは、ご容赦願えませぬか。他のことなら、何事も包み隠さずお話しいたしますッ」

男は額《ひたい》を床に擦りつけ、必死に懇願する。どうせ死罪になるなら、なるべく痛い目を見ることなく、殺してほしい。そして、どうせ死罪なら、何処の誰ともわからぬままでもいいではないか、と思うのだ。

「お願いでございます。どうか、どうか、それだけは平《ひら》にご容赦を――」

「なるほど」

そのとき、閻魔の厳しい表情が少し弛《ゆる》んだ。

「名を知られることをそれほどに嫌がるのは、それなりに名のある者、ということだ。

ふむ……その端正な顔だち、芝居がかった物言い、大方役者であろう？」

「…………」

「それに、華奢《きやしや》な体つきに細い腕とくれば……おそらく女形だな？」

「あ」

閻魔の言うとおり端正な男の面上《めんじよう》に、新たな驚きと恐怖とが滲み出す。すべてを見透かされてしまったが故の恐怖に相違ない。

「聞くところによると、女形の中には、長らく女を演じるうちに、心まですっかり女になってしまう者も少なくないそうだな。お前はどうだ？」

「…………」

「図星か」

閻魔の口辺に、はじめて冷たい笑いが過《よ》ぎった。恐い顔をしているときよりも、数倍不気味《ぶきみ》な笑顔であった。

「女が憎いか？」

男の表情は硬く凍りついたきり、容易にはほぐれそうにない。何故この男は、こんなになにもかも、見透かしてくれるのだろう。己のことを知られてしまったという恐怖と、まさに閻魔の如き男への恐怖。二重の恐怖で、男の心はいまにも壊れそうだった。

だから、

「憎いのだろう？」

「は、はい」

重ねて問われると、男は素直に肯いた。

最早《もはや》閻魔の前では如何なる誤魔化しも通用しないと観念したのだ。

「ええ、憎いですよ」

一度観念すると、男の口は忽ち軽くなる。

「あたしたち女形は、大変な苦労をして、女になりきるのです。ですが、女は、ただ女に生まれたというだけで、なんの苦労もなく、女でいられるんですよ。不公平じゃありませんか」

「なるほど。女形とはそれほど、苦労するものか」

「ええ、そりゃあ、もう。それでもまだ、十代二十代の若い頃はいいんですよ。物腰所作で、女に見せることはそう難しくないんです。でも、三十過ぎると、体はめっきり固くなるし、肥りやすいし……それでも、生まれながらの女だったら、と思うんですよ」

「それで、女が憎いのか？　己が女になれぬが故の恨みか？」

「はい」

「女を憎むが故に夜鷹を殺したのだな？」

「はい。夜鷹ならば、簡単に殺せると思いましたので」

「相手は、女であれば誰でもよかったのか？」

「はい、誰でも」

「もし簡単に殺せる相手であれば、夜鷹以外の女でも殺すか？」

「は…い」

鋭く問われて、男は小さく肯いた。

「これまで、何人、手にかけた？」

「さ、三人…です」

「三人？」

閻魔の追及の厳しさに観念し、男は正直に答えていたが、閻魔は納得しなかった。

「はい、三人です」

「少ないではないか」

「え？」

「うぬのような外道《げどう》は、三日とあけず人を殺さねば気がすむまい。それが三人とは、少なすぎる。この期《ご》に及んで罪を軽くしようと、嘘をつくか？」

「いえ、決して嘘ではございませぬ。続けてやると、さすがにヤバいので、なるべくあ…あいだをあけるように……我慢していたのです」

「どれくらい、あけたのだ？」

「ひ、ひと月くらいは……」

「ほう、随分とまた、辛抱したものだな」

閻魔は容易《たやす》く嘆声を上げた。

「うぬのような外道は、一度《ひとたび》人を殺すと癖になり、殺したくて殺したくて、仕方なくなるものだが、一人殺したあと、ひと月もよく辛抱できたものだ」

「お、お縄にはなりたくなかったもので……」

「なるほど、ひと月たてば町方の月番が変わる。ただでさえ、まともに探索されることのない夜鷹殺し、月番が変わってしまえば、一層都合がよいであろう。……お前、なかなか頭がまわるではないか」

「は、はいッ。……い、いいえ、決して、そ、そのような……」

「まあ、よい。ならばいよいよ好都合だ」

閻魔の口辺に、再び冷たい笑みが刷《は》かれた。

「これからは辛抱せず、好きなだけ殺してよいぞ」

「え？」

「夜鷹を、好きなだけ殺してよい、と言っておるのだ。お縄になる心配がなければ、いくらでも殺せるのであろう？」

「え、でも、いえ、それは……」

「殺せぬのか？」

「………」

「殺すと約束するなら、このまま解き放ってやる」

「そ、それは、本当ですか？」

「ああ、本当だ。どうだ、やるか？」

「は、はい」

「毎晩一人ずつ殺せるか？」

「ひ、一人ずつでございますか？」

「いや、二人でも三人でもよいぞ」

「そ、そんなには……」

「できぬのか？」

「い、いいえ、できます」

ついつり込まれるように肯いてから、

「で…ですが、毎晩では、さすがにお奉行所もおかしいと思うのでは？」

男はさすがに事の重大さに気づき、青ざめつつ問い返す。

「うぬはそれほど獄門が怖いのか？」

男を見る閻魔の目にも、更に冷ややかなものが滲《にじ》む。

「少しは頭がまわるかと思えば、あきれるほど愚かだな、お前は。己の立場がまるでわかっておらぬ」

「え？」

「我ら、いまこの場にて、お前を成敗してもかまわぬのだぞ。それとも、奉行所につき出され、厳しい詮議の上獄門台にあがるのと、どちらがよい？」

「ひ…ひいッ」

「儂《わし》はどちらでもかまわぬが」

閻魔は真顔で男を覗き込む。

「や、やりますッ。毎日でも、何人でも、夜鷹を殺しますッ」

「それでよい」

閻魔は満足げに微笑《ほほえ》んだ。

「言うておくが、逃げようとしても無駄だぞ。お前の素性など、容易く調べられるのだからな。何処へ逃げても必ず見つけ出し、殺す。たっぷりと拷問にかけたあとでな」

「…………」

「わかったか？」

「は、はい」

男は夢中でその場にひれ伏した。

「では、名を申せ」

「…………」

「最早観念したであろう」

「はい」

「……と申します」

男は観念し、だが蚊《か》の鳴くような声音で名乗った。

閻魔たちがどういう類《たぐい》の者たちなのか、彼にはまるで想像もつかなかったが、いまこの瞬間だけでなく、未来永劫《えいごう》彼らが自分の生殺与奪《せいさつよだつ》の権を握っていることだけは間違いない。

最早逃れる術《すべ》はないのだということだけ、男は本能的に覚ったのだった。

三

「ひでえな」

吉村《よしむら》の口癖を聞くまでもなかった。

今朝方《けさがた》、花川戸《はなかわど》の土手で発見された、おそらく夜鷹と思われる女の死骸は、体中を刃物で刺され、着物の色をすっかり朱に染めていた。絶命してからも、何度も何度も繰り返し刺されたのだろう。

恐怖に見開かれた両目も口も、なにかを訴えようとしてできぬまま、ときが止まっているかのようだった。

若手同心の林田《はやしだ》はひと目見るなり顔を背け、死骸のそばから離れて行った。

「なんで、ここまでするんだよ」

同心の吉村新兵衛《しんべえ》は、この職に就いて二十年余の古参である。これよりひどい死体

もさんざっぱら見馴れている筈だが、それでも、死体を検分するたび、毎回、

「ひでえことしやがって、畜生」

と、本気で憤《いきどお》る。

無理もない。

このところ、ほぼ毎日のように、何処かで夜鷹の死体が発見される。殺され方はさまざまで、絞殺されている者もあれば、刃物で刺し殺されている者もいた。殺しの手口こそ違うとはいえ、その残忍性は共通している。それが何日も続いているのは、とても偶然とは思えない。

「どう思います、戸部さん？」

吉村が重蔵に問うた。

「ん？」

考え事をしていた重蔵は、それで漸く我に返る。

「何処《どこ》の何奴《どいつ》が、こんなひでえことをしてやがると思います？」

「何処の何奴って、おめえは、下手人が一人だと思うのかい？」

「いえ、それはわかりませんが……」

死骸を戸板に乗せる手伝いをしながら、吉村は口ごもった。

「おい、喬《きょう》、気分が悪いなら、先に戻っていいんだぜ」

川面のほうに顔を向けたきり、青ざめた顔で固まっている林田喬之進《きょうのしん》に向かって、重蔵は言った。

「い、いいえ、大丈夫ですッ！」

喬之進は慌てて首を振り、吉村の手伝いをしようとするが、

「いいよ、無理しなくても」

と、にべもなく退《の》けられた。

相変わらずの坊や扱いに、喬之進は些か不満顔である。だが、死体を正視できないという点では、彼自身相変わらずであるため、言い返す言葉はない。

すっかりしょげ返った喬之進を見て内心苦笑しながら、

「一人であってほしいとは思うぜ、吉村」

と吉村に向かって言った。

「え？」

「こんなひでえ下手人、一人で充分だ。何人もいられちゃ、かなわねえよ」

「………」

「そうは思わねえかい？」

「ええ」

吉村は肯き、だが、

「けど、一人の下手人がやってるんだとしたら、一体夜鷹に、なんの恨みがあるっていうんです？」

少しく考えつつ、また問うた。

「さあ……恨みなのかなぁ」

「恨みじゃなかったら、一体なんだっていうんです？　それこそ、殺しの理由がないじゃありませんか」

「夜鷹が毎晩殺されるようになってから、夜鷹の数が減ってるだろう？」

「そりゃあ、減ってますよ、殺されてるんだから」

「いや、怖れて、商売に出なくなった夜鷹もいるんじゃねえかと思ってな」

「まあ、いるかもしれませんね」

不得要領《ふとくようりよう》に応える吉村には、重蔵の心中が全くはかりしれないようだった。無理もない。もとより重蔵自身、はっきり、なにがどうだと言えることではないのだ。

ただ、重蔵の脳裡を、このとき一人の人物と、彼の漏らした言葉だけが占めている。

「追放など、生温《なまぬる》い」

という、言葉だけが。

それが、一見優しげにすら見えるその男の外貌に似つかわしくないと思った瞬間、重蔵の中に多大な不審感が芽生えたとも言える。

「もし、夜鷹に深い恨みをもつ者がいたとしても、そういう奴は、特定の人間――つまり、恨みのある夜鷹だけを狙うはずだ。目的の夜鷹を殺せば、それですむ。それが、こうも無差別に狙うのは、なにか恨み以外の理由があってのことだとしか思えねえ」

「恨み以外の理由って?」

「それがわからねえから、厄介《やっかい》なんだよ」

やや怒りのこもった声で言い、重蔵は口を閉ざした。

しばし無言で吉村を見返してから、

「で、おめえはどう思うんだ、吉村?」

問うてみると、

「戸部さんにわからねえもんが、俺になんかわかるわけがねえでしょう」

同様に怒りのこもった声音で言い返された。戸板に乗せた死体を、番屋へ運ぶために歩き出す、その背中からだった。

「許せねぇ」

喜平次がいきり立つのも無理はないと、重蔵も思った。

連続夜鷹殺しの被害者の数が、とうとう十人を超えた。

どう考えても、何者かが、故意に夜鷹ばかりを選んで殺しているとしか思えないが、それを確信したからといって、直ちに探索が進むわけではない。

「か弱い女を殺して、一体なんの得があるってんだ」

猪口《ちょこ》を持つ喜平次の手が怒りで小刻みに震えていた。

酒なんか呑んでる場合ですか、と喜平次は憤慨したが、重蔵はお京に酒の用意をさせた。少し呑ませたほうが落ち着いて話ができるだろうと思ってのことだったが、どうやら思惑ははずれたらしい。

喜平次の怒りは、その極に達している。

「まったくなぁ。一体何処の誰が、なんの目的でこんな惨《むご》いことを繰り返してやがるんだろうなぁ」

震える喜平次の手の中で空になっている猪口に酒を注ぎながら、殊更ゆったりとした口調で重蔵は言った。

「目的なんて、あるもんですか。ただの外道ですよ。血も涙もねえ、鬼畜生なんですよッ」

と喜平次は主張するが、

（いや、そうではあるまい）

口には出さず、重蔵は思っていた。

なんの理由もなく人殺しという大罪を犯す者があるとすれば、それは心を病んだ人間だ。

だが、心を病んだ人間の行動には大抵一貫性がなく、根気も続かぬはずだ。毎日確実に一人ずつ殺すなどという精勤さは似つかわしくない。

それ故、以前の、いくつかの夜鷹殺しがもし同一人の犯行であったとしても、その同じ下手人が一念発起して、毎日きっちり殺しをおこなうようになったとは考えにくい。なんらかの目的をもった、全く別の下手人が現れた、と考えるほうがずっと自然である。

だが重蔵は、或いは、心を病んだ下手人が、あるときなんらかの目的を得て、精勤に凶行を繰り返すようになった可能性も捨てきれない、とも思っている。

さまざまな可能性が頭の中を交錯し、そして泡沫《ほうまつ》の如く消えてゆく。

「こうなったらもう、囮しかねえでしょう」

そんな重蔵の苦しい思案を、突如喜平次がうち破った。

「そうです。囮を使って、下手人を誘《おび》き出すんですよ。これだけ毎晩夜鷹が殺されてんだ。夜鷹のふりして吉田町あたりの材木置き場か土手《どて》にでも出てりゃあ、すぐに引っかかってくるでしょう」

「囮？」

「なるほど」

喜平次の言葉に、重蔵は一旦納得した。

「だが、一体誰が囮になる？」

「俺がなりますよ」

「え？」

「俺が、夜鷹の恰好をして、辻に立ちますよ」

「そ、それは……」

重蔵は絶句した。

喜平次が、その強面で女装したところは想像したくもない。第一、喜平次の長身では、どんなに巧みに女装をしたところで、遠目にすら女には見えないだろう。

それ故、少し間を開け、

「それは無理だろう」

気の毒そうに、重蔵は言った。

「いくら女装しようと、お前を買う男など、どこにもおらんぞ」

「…………」

今度は喜平次が絶句する番だった。

二人のあいだに、気まずげな沈黙が流れる。

「だったら、あたしが囮になりましょうか」

おそらく、障子に耳をつけるようにして、重蔵らの話に聞き入っていたのだろう。温《あたた》めたばかりの新しい酒徳利と肴《さかな》を運んできたお京が、すかさず口を挟んできた。

「夜鷹の役なら、女のあたしがやるしかないでしょう。ね、旦那？」

「駄目だ」

重蔵より先に、喜平次が応える。

「どうして？」

「おめえに、そんなあぶねえ真似、させられるかよ」

「囮って、そんなにあぶないの？」

「当たり前だろ。下手《へた》すりゃ、殺されかねねえんだぞ」

「でも、旦那やあんたが、すぐ近くで見張ってるんでしょ。危ないと思えば、すぐ出て来てくれるんでしょ」

「そりゃあ、そうだが——」

「なら、心配ないじゃない」

「駄目だと言ったら、駄目なんだよ」

喜平次は血相を変えてお京を見た。いつも以上に怖いその目で見つめられて、お京はさすがに少しくたじろぐ。

「だ、だから、どうして駄目なのよ？」

「喜平次の言うとおりだ、お京」

押し問答を聞かされるのがいやで、重蔵も喜平次に同意した。

「お前に囮などさせる気はねえよ」

「旦那まで、そんな……」

重蔵の猪口に酒を注ぎかけながら、お京はその顔色を窺《うかが》っている。

（やれやれ）

重蔵は内心嘆息する。

以前、若い娘の拐《かどわ》かし事件の折にも、お京は自ら囮になりたいと言い出し、重蔵を困惑させた。あのときは、年齢的に無理だったが、今回は夜鷹だから、年齢は関係ない。

気の強いお京のことだ。一度言い出したからには、容易に諦めないだろう。

「相手はどんな野郎か、見当もつかねえんだぜ。いくら俺たちが近くで見張ってるって言っても、すぐ手が届くところに貼り付いてるわけにはいかねえんだ。いきなり、出会い頭《がしら》にズブリ、とやられたら、どうする」

「それは……」

「そうなっちゃ、いくら俺たちでも、どうしようもねえんだよ」

「…………」

頭ごなしではなく、言い聞かせる口調で重蔵に窘《たしな》められると、お京はそれ以上言葉を返すことができなかった。

（まあ、お京に、あの伊賀《いが》のくの一くらいの身ごなしができれば、こっちから頼んで囮になってもらったんだがな）

重蔵は、内心肩を竦《すく》めている。

伊賀のくの一・桔梗であれば、見張りすら必要ないだろう。夜鷹殺しの下手人くらい、一人で捕らえられるに違いない。

（くの一の密偵ってのも、悪くないな）

重蔵が、ついそんなことを考えてしまったとき、

「じゃあ、どうするんですよ？　囮を使わないで、どうやって、下手人をおびき出すってんですよ」

「………」

お京に問われて、重蔵も喜平次も、ともに応えられなかった。確かにこの場合、囮はかなり有効な方策である。話すうちに、重蔵もそれを認めていた。

だが、肝心の、囮になる者がいないのでは、どうにもならない。

（こんなとき、腕の立つくの一がいればなぁ）

重蔵が又候《またぞろ》そんな現実味のない考えに逃避しかかったとき、

「仕方ありませんね」

喜平次は、迷いのない口調できっぱりと言い切った。

「あいつにやってもらうしか、ないでしょう」

「そうだな」

重蔵は仕方なく同意した。

他にはよい思案も浮かびそうになかったからだ。

「あいつって、誰？」

お京は当然、不思議そうな顔をして二人に問い返した。

四

「やだよ」

喜平次がまだ言い終えぬあたりで、食い込み気味に青次は即答した。

「やるわけねえだろ、そんなこと！」

当然、固辞する。

「まあ、聞けよ、青次」

喜平次は必死に宥《なだ》めようとした。

「おめえ、前に言ってたじゃねえか。『おいらだって、旦那の密偵だ』ってよう。

……だったら、密偵の仕事をしようじゃねえか」

「…………」

「なあ、青次、恩義のある旦那の助《す》けになりてえんだろ？」

「それは、まあ……」

「旦那には、世話になってるんだろ」

「ああ」

「だったら、恩返ししようじゃねえか」

「だ、だからって、なんでおいらが、そんなことしなきゃならねえんだよ」

喜平次の言葉に心を動かされつつも、青次はなお抗《あらが》う。

「おめえしかいねえんだから、しょうがねえだろ」

「だ、だったら、あの二八蕎麦屋でいいじゃねえか。あいつ、伝説の盗賊《霞小僧》の一員なんだから、身のこなしだって、おいらなんかとは全然違うだろ」

「与五郎は、火盗の密偵だから、勝手に使うわけにはいかねえんだよ」

「なんだよ、その妙な縄張り意識みてえなの」

「しょうがねえだろ、実際そうなんだから」

「知るかよ、そんなこと」

「いいから、四の五の言わずに、言うこと聞けよ」

押し問答に嫌気がさしてきた喜平次は、つい投げやりに言ってしまったが、それがまずかった。

「絶対、いやだね」

青次の態度は再び硬化した。

最初のうちはあれほど怖がっていた喜平次の強面を、近頃では怖れもしない。親しくなり、喜平次の本性をよく知るようになれば無理もないのだが、喜平次にはそれがまた面白くない。

「てめえ、この野郎ッ」

だからつい、恫喝《どうかつ》するような声をだす。

「そんな顔したたって、怖かねえからな。だ、誰が、囮なんかやるもんか！　それも、夜鷹の恰好して辻に立つなんて、冗談じゃねえよ」

「なあ、青次、いい子だから、聞きわけてくれよ」

自らの失策に気づいた喜平次はすぐに口調を改め、猫なで声をだすが、とき、既《すで》に遅し。

「聞きわけるわけねえだろ」

一度硬化した青次の態度は、容易には元に戻らない。

「下手人をお縄にできなきゃ、罪もねえ夜鷹が、夜毎《よごと》殺され続けるんだぜ。不憫《ふびん》だと思わねえか？」

「だったら、てめえでやればいいだろ」

「俺に、女の役ができると思うか？」

「さあね」

「俺にはできそうにねえから、こうして、てめえに頼んでるんじゃねえか、なあ、青次」

「それが、人にものを頼む態度かよ」

「………」

喜平次の我慢も、そろそろ限界に達しつつある。

説得できなければ、あとは力ずくで言うことを聞かせるしかないということを、誰に教えられたわけでもなく、ただ本能故に、彼はその身に沁みさせている。

「てめ、どこまで調子にのれば気がすむんだ、ああッ？」

遂に堪えきれず、喜平次は激昂した。文字どおり、悪鬼羅刹《あっきらせつ》の形相で。

強気の青次も、これにはただただ震撼するしかない。

「どうしてもいやだってんなら、仕方ねえ。使えねえ密偵なんざ、邪魔なだけだ。消えて貰うしかねえな」

「………」

「旦那からも、そう言われてんだ」

「ま、待って」

青次は容易く震えあがった。

「だ、誰も、やらねえなんて、言ってないだろ」

「たったいま、いやだと言ったじゃねえか」

「そ、それは、言葉のあやってやつだよ」

「じゃ、やるんだな？」

「…………」

青次は無言で肯いた。

「はじめから、素直にそう言やあいいんだよ」

口許を弛める喜平次に、

(言えるかよ！)

心の中でだけ、青次は言い返した。

喜平次が来たときから、内心覚悟はしていたのだ。だが、素直に承知する気になれず、つい抗った。二つ返事で素直に承諾するのは、男の沽券《こけん》に関わるような気がしたのだ。愚かだった。結局、こうなることはわかっていたのに——。

「ね、これはどう？　青《せい》さんに似合うと思うけど」

「夜鷹は、こんな小粋なよろけ縞《じま》は着ねえよ」

「そうなの？」

「ああ。それに、どうせ着物の柄なんぞ、ろくに見えやしねえんだから、似合うとか似合わねえとか、関係ねえんだよ。手拭いで顔隠しちまうんだしな」

「だからって、まさか、黄八丈ってわけにはいかないでしょ。もう金輪際着ないものっていったら、これくらいしかないんだけど」

「さすがに、黄八丈はなぁ。ちと派手すぎるぜ」

「じゃあ、一体、夜鷹ってどんな着物着るのさ。あたしにはわからないよ」

お京と喜平次が口々に言い合うのを、半ば呆気にとられて青次は聞いている。

「それにしても、おめえ、いつも似たような縞の着物ばっかり着てるのに、こんなにいろんな柄の着物持ってたんだなぁ」

「常磐津《ときわず》の師匠になってからは、出稽古もあるし、それらしくしてるのよ。……娘の頃に着てた着物なんて、もう袖も通せやしないのに、なかなか捨てられなくてね」

「お、これなんかいいじゃねえか。裾《すそ》に菖蒲《しょうぶ》の柄だ。粋《いき》だねぇ」

「あ、それ……」

「ん？」

「覚えてる？　あんたと、八幡《はちまん》さまの境内ではじめて会ったときに着てた着物」

「ああ」

「覚えてないでしょ？　あんた、あのとき、お神籤《みくじ》を枝に結んでくれただけで、さっさと行っちゃったもの」

「それが、覚えてるんだよなぁ。なにしろ、この着物の柄をめあてに、あの日、八幡さまの境内でおめえを見つけたんだからよう」

「…………」

お京は思わず息を呑み、しばし喜平次の目を見つめ返した。あの日と同じく、吸い込まれそうな瞳であった。見つめていると、あの日と同じく、胸が疼《うず》きだす。

「なに言ってるのよ。……青さんに着せる着物、早く選ばなくちゃ」

その喜平次の視線から逃れるように顔を伏せながら、お京は青次の肩に、また別の着物を着せかける。

「ほら、これはどう？　長楽寺小紋《ちょうらくじ》はひと昔前の流行《はや》りだけど、身を落とした夜鷹が着るにはちょうどいいんじゃない？」

「ああ、いいんじゃねえか。薄汚れてうらぶれた感じも、夜鷹にはちょうどいいぜ」

(ひどいこと言いやがる)

と青次は思ったが、固く口を噤《つぐ》んで、一言も発しなかった。そうして厳しく自分を律していないと、

「楽しそうですね」

という一言が、うっかり漏れてしまいそうだったのだ。

実際、二人はこの上なく楽しそうだった。

本来、この場では青次こそが話の中心であるべきなのに、彼に着せる着物を選ぶ二人は、青次のことなどそっちのけで、懐かしい思い出にひたりきっている。

(なんだよ、これ。一体、なんなんだよ)

青次は激しく抗議したかった。だが、できるわけがなかった。

「ねぇ、本当に、手拭いで顔隠しちゃうの？」

見たてた藍《あい》色の着物を青次に着せながら、お京は喜平次に問うた。

「ああ、隠さなきゃ、辻に立てねえだろ」

「でも、一応お化粧はしたほうがいいわよね？」

「まあ、女に見える程度にはな」

「それは無理よ」

「無理か？」

「だって、青さん、どっから見ても、男だもん」

言ってから、弾けるような声音でお京は笑い出した。ずっと堪えていたのだろう。屈託のない声音をあげて笑うお京はどこから見ても魅力的で、青次はぼんやりその笑い顔に見入っていた。彼女と同様、この上なく楽しそうな喜平次のことを、心の底から羨ましく思いながら——。

五

(囮なんて、どうせうまくいくわけねえよ)

青次はタカをくくっていた。

お京と、日頃彼女の家に出入りしているお手伝いの老婆とで青次に女の着物を着せ、化粧を施した。暗いところでなら女に見えぬこともないだろうと、喜平次は断言した。が、喜平次ほど長身ではなくとも、青次とて、ごく一般的な成人男子の体格をしている。女装をしたとて、到底女には見えない。

断じて見えない筈だ、と願いながら、子《ね》の刻過ぎ、柳原の土手を歩いていると、

「ねえさん、一人かい？」

　背後から不意に声をかけられた。

　こんなとき、本当なら、女のほうから袖を引くべきなのだが、青次は慌てて足を止めただけである。足を止めて振り返り、そこに男の姿を認めたなりで黙って立ち尽くす。

「一人かい？」

　重ねて問われ、

「………」

　仕方なく、無言で肯くと、

「本当だろうね？」

　男は、なおも執拗に問うてきた。

　折角声をかけてくれた奇特な男だ。大事にしたい、とは思うものの、具体的にはどうすればよいのか、青次にはわからない。だから神妙に顔を伏せて押し黙っていると、

「じゃあ、買ってやろうか」

　男は忽ち満面に喜色を浮かべた。

「いいだろ？」

早速、肩に手をかけてくる。

（げぇッ）

男に体を触られて、内心怖気《おぞけ》立ちながらも、身八《みや》つ口《くち》からこじ入れられようとする手は、辛うじて逃れた。

そんなところを触られたら、忽ち男だとわかってしまう。

「妓夫《これ》はいないのかい？」

と親指を立てて見せながら、男は問う。

用心棒を兼ねた客引きの妓夫がついていないか、執拗に確認するのは、女一人なら、あとで言いくるめて、枕代を踏み倒そうという魂胆に相違ない。

見世《みせ》にいる女郎を抱くには、どう安く見積もっても二百文以上の金がかかるが、夜鷹なら二十四文で抱ける。上手《うま》くいけば、その枕代すら踏み倒せるかもしれない。

自ら夜鷹を買おうとする男は、大抵吝嗇《けち》で好色だ。この上なく、いやらしい男なのである。そのいやらしい根性に相応《ふさわ》しく、腕っ節のほうはからきしだから、男の存在をしきりと気にかける。

そして一度いないことを確信すれば、どこまでも図々《ずうずう》しくなる。

（冗談じゃねえ）

肩にかけられた手を、無言で振り払おうとした。が、意外に強い力で捕らえられていることに気づき、青次は焦った。

「ねえさん、この商売はじめてまだ日が浅いのかい？」

五十がらみで、鬢《びん》も髷《まげ》も無惨に薄く、貧相なその男は、口辺にいやらしい笑みを滲ませて問う。

「は、はい」

色褪《いろあ》せた長楽寺小紋を着たその夜鷹――青次は、か細い声音で応えた。応えつつ、男の腕を逃れようとするが、それはなかなか、かなわない。

「ほら、ちょうどいいところに、材木置き場がある。そこにしよう」

肩に手をまわしたままで男は言い、強引に、そこへ連れて行こうとする。

（こんな奴、下手人であるわけがねえや。ただの助平だ）

思うと、矢も楯もたまらず、

「いやぁ～ッ」

青次は甲高い悲鳴をあげていた。

「助けてぇ～ッ」

「お、おい」

その男が慌てるのと、

「おい」

低い男の声音がすぐ背後から響くのとが、殆ど同じ瞬間のことだった。

音もなく忍び寄った喜平次が、次の瞬間には、その男の手を摑み、青次の肩から強引に引き剝《は》がす。

「痛ッ、いててて……」

強引に剝がされた手を、そのまま捻り上げられて、男は手もなく悲鳴をあげた。

「な、なにしやがる。痛ぇじゃねえか」

「うるせえ。おとなしくしやがれ、この人殺し野郎がッ」

胴震《どうぶる》いしそうな声で喜平次に脅され、その男は容易く黙った。

「このまま奉行所へ突き出されてえか？」

「………」

胸倉を摑まれ、締め上げられると、最早男に抗う術《すべ》はなかった。

「ひとの女に手ぇ出しといて、それですむと思ってやがるのか、え？」

出て来たはいいが、どうも下手人という感じではない男に対して、それでもなにか言わねば恰好がつかぬと思い、凄みをきかせて喜平次は言った。

「うわぁ〜ッ」

捕らわれた男は、突如大音声を張り上げた。さしもの喜平次も、一瞬間呆気にとられたほどの大声である。

「な、なんだよ」

「すみませんでした〜ッ」

男は手もなく泣きだした。

「ぶ、奉行所だけは、勘弁してください。…ほ、ほんの出来心なんですぅ……後生《ごしょう》でございます。おぉお〜ッ」

喜平次に胸倉を摑まれたまま号泣する男から目を背け、青次を顧みると、手拭いで隠したその顔は、明らかに笑いを堪えている。

（てめえ——）

思わずカッとなる喜平次の耳許に、

「すみません、兄貴」

青次はすかさず囁いた。

「こいつ、意外と力が強くて、ちょっと怖くなったもんで……」

笑いを堪えて囁きつつも、こうして女のように護られるのも存外悪くないように思

えて、自分でも焦った。助けを求めると忽ち現れ、男の手から庇《かば》ってくれた喜平次のことが、心底頼もしく思える。だが、

(冗談じゃねえ！)

うっかり思いかけて、青次は慌てて否定した。

第五章　まむしの毒

一

「昨夜の親爺、よりによって、夜鷹の稼ぎを狙ってきたかっぱらいだそうですね」

「ああ、番屋で締め上げたら、あっさり吐いたよ。実際、何度もやってるみてえだしな」

いきりたつ青次に対して、こともなげに重蔵は言った。昨夜青次を強引に買おうとして喜平次に止められた男は、こともあろうに、夜鷹の上前《うわまえ》を掠《かす》めようとする、ケチなこそ泥だった。番屋にしょっ引いて、厳しく取り調べたのだろう。重蔵の顔つきも、心なしか憔悴《しょうすい》していた。

「あの感じじゃあ、まだまだ余罪はありそうだ。引き続き締め上げて、伝馬町送りだな」

「たった二、三十文かそこら盗んだだけのこそ泥じゃねえですか」

青次は甚だ呆れている。

「さっき声かけてきた野郎もただの助平だったし、こんなことしてて、ホントに殺しの下手人捕まえられるんですかね」

「青次、おめえ、江戸の夜鷹が全部で何人いるか、知ってるか？」

すると真顔で、重蔵が問い返してきた。

「そんなの、知るわけねえでしょう」

「近頃の御禁令で、かなりの数の夜鷹が江戸から追放されたが、それでもまだ、三千や四千はくだらないだろうぜ」

「よ、四千……」

「それだけの数の女たちを、無差別に殺してる下手人だ。一日二日で捕らえられたら、世話はない」

「じゃあ、一体いつまで、囮をやればいいんですよ？」

「決まっている。下手人が現れるまで、だ」

「つまり、四千人全員が殺されるまでってことですか」

青次が目を剝くと、

「まさか」

軽く鼻先で一笑に付してから、

「いくらなんでも、これだけ派手に殺してまわれば、いつまでも、人目につかねえってわけにはいかねえよ。そうなりゃあ、目明かしたちも、そのうちなにか聞き込んでくる」

重蔵は力強く言いきった。《仏》の重蔵が受け合ってくれたのだ。手放しで喜んでいい筈だが、

「そのうちって、いつですよ」

力ない口調で、青次は問い返した。

(そのうち、おいらが殺されるよ)

正直、泣きたくなった。

これまでは、真剣に考えたこともなかったが、重蔵の密偵になって彼のために働くということは、いつ命を失うかわからぬ危険に身をさらすことにほかならない。

いや、わからなかったわけではない。

喜平次がいつも怖い顔をしているのは、勿論生来の顔だちのせいもあるだろうが、

常に命の危険と隣り合わせの危機感故だ。

口にはだせないそんな危機感や不安が、生来の強面《こわもて》に拍車をかけているのだ。

「とにかく、俺と喜平次が交替で見張るから、そんなに怯えるな」

「………」

はあ？　目を剝いて問い返したい衝動に、青次は辛うじて耐えた。

諦めた、と言ってもいい。常日頃から、悪鬼の如く怖ろしい喜平次が言うなら、仕方ない。だが、いつもはあんなに優しく、親兄弟かと思うほど親身になって青次のことを案じてくれる重蔵が、いまは別人のように冷たい表情を見せる。それがすべて、下手人を捕らえるために必要な冷徹さなのだとしたら、青次には、到底理解できる筈もなかった。

だいたい、囮などということを考えついた時点で、彼らの思案は、青次の理解を大きく超えている。

(要するに、密偵なんて、捨て駒じゃねえかよ)

理解したときには、すべてが遅かったかもしれない。

カッツカッツカッ……

真闇の中に、乾いた音が響いている。

多分足音だろう。

間違っても、獣や物の怪《もののけ》の鳴き声ではあるまい。足音だ。人の足音なのだ。青次は無理にもそう思い込もうとした。

そう思い込むようにしなければ、あれこれ想像して怖ろしくなり、足が竦《すく》んでしまいそうだった。

しかし、足音だとすれば、それはつまり、

（尾行《つ》けられてる——）

ということにほかならない。

それはそれで、いい気はしない。

なにしろ、この時刻だ。

尾行けてくるのが、善良な人間でないことくらい、わかりきっている。

囮をはじめて数日、一カ所にじっとしていても埒《らち》があかないので、少し歩いてみろ、と喜平次に言われた。それも、実際の夜鷹がそうするように、河原や人気の少ない辻を、だ。

「ちゃんと見張っているから大丈夫だよ」

と喜平次は言うが、青次は半信半疑だった。移動するとなれば、ピタリと張り付いているわけにはいかず、ある程度距離をとって尾行する形になる。

もし、出会い頭《がしら》にいきなり刃を閃かせてくるような賊だった場合、どうすればよいのか。青次がその不安を訴えると、

「おめえも男だろ。てめえでなんとかしろよ」

と、甚《はなは》だ無責任な答えが返ってきた。

だがすぐに、青次を徒《いたずら》に不安がらせるのは得策ではないと思い返したのか、

「大丈夫だよ。妙な野郎が近寄ってきたら、すぐに助《す》けに行ってやるから」

気持ち悪いほど優しげな声音で喜平次は言い、剰《あまつさ》え、笑顔すら見せた。

笑えばいよいよ凄みを増すような笑顔を見せられても、もとより青次は安堵などできない。

一カ所にとどまっていれば、当然見張る側も楽だろう。敵が何処《どこ》から現れても対応できる、最も都合のいい場所に潜んで待ち伏せることが可能だからだ。

だが、移動するとなるとそうはいかない。どの方向から敵が来るか、予測することも難しくなる。そうなると備えは難しく、不意の襲撃者に対する対応も遅れる。

万一、相手が本職の殺し屋だったりすれば、スッと近づいてきた瞬間、ドンと刃で

貫かれている。ほんの一瞬のことだ。助けは到底間に合わないだろう。

(今日が俺の命日になるのかな)

そんな不安を胸に抱えながら、半刻あまりも青次は歩いた。


(あの野郎——)

喜平次は内心舌打ちしている。

臆病風に吹かれた青次がビビりまくっていることは、五十歩離れたところにいる喜平次の目にも明らかだった。

(なんだってあんなに、根性がねえんだ。それでも、《野ざらし》の九兵衛《きゅうべえ》一味か)

ビクビク怯えて逃げ腰な足どりは、これから客をとろうという夜鷹のものにしては如何にも不自然だ。ただでさえ、女にしてはやや大柄で、全く女らしくない体型なのだ。せめて、物腰だけでも、もう少し女らしくできないものか。

(あんなんじゃあ、女に飢えた島帰りの野郎だって騙《だま》せねえぜ)

喜平次は苛立《いらだ》った。

青次には言っていないが、実は彼にも、不安要素はある。

このところ、発見される夜鷹の死体はどれも、急所を刃物でひと突きされていた。

以前の死体は、何度も何度も、そんな必要があるのかと疑うくらい滅多刺しにされていた。

下手人が別人に変わったのか、それとも回を重ねるうちに殺しの技に熟練したのか、それはわからない。

わからないがしかし、確実に、一撃でとどめを刺せる下手人がいることは間違いない。

じわじわと首を絞めたり、滅多刺しにしたりするような人間に共通しているのは、殺しを楽しんでいるということだ。殺す相手に対する恨みもなにもなく、ただ殺すことだけを楽しんでいる。重蔵が言うところの、「心を病んだ」人間である。

それが殺しを重ねてゆくうち、次第に、本職の殺し屋ばりの技量を身につけるにいたった。

それ故、出会い頭《がしら》の理由なき一撃も、当然あり得る。

そういう危険があるかもしれないことを、だが、青次には一切知らせていなかった。知らせていない筈なのに、なにか本能的に察するものがあるのか、今夜青次はビビっていた。

ところが。あんなにビビっていたら、挙動不審で、誰も近寄ってこないだろうと思っていたら、意外や、ひっかかる者があった。

柳原の土手を半刻あまりも歩いたとき、ふと、青次のあとを尾行《つ》けはじめた者がある。

土手に植えられた柳の蔭からうっそりと姿を現したのだ。待ち伏せしていたとしか、思えない。

（こいつは……）

その男の後ろ姿を目にした瞬間、喜平次は無意識に緊張した。歩調に一定の韻律《いんりつ》があり、身ごなしにも隙がない。だがそれは、武術の修行というよりは、なにか音曲の修練を積んだ者ではないか、という気がする。

（それに小柄だ）

五十歩離れていても、一目瞭然だ。まるで踊りの師匠のようにしなやかな体つきをしている。

（こいつのほうが、よっぽど女みてえだな）

喜平次は思った。

少なくとも、前を歩いている青次のぎこちない歩みに比べたら、ずっと優美な女らしさに満ちている。女の着物を着せてみれば、もっとはっきりするだろう。

（でも、あれが下手人だ）

ということを、喜平次は確信した。根拠はない。漠然とした「勘」である。

だから喜平次は、無意識に足を速め、さり気なく距離を縮めていった。

遂に、背後から声をかけられた。

「姉さん、一人かい？」

その瞬間青次は思わず息を止め、次いで足を止めた。

「ええ、一人ですけど」

声色をつくって応えつつ、ゆっくりと振り向く。

「遊んでやってもいいぜ」

手拭いで頬被りをした男が立っていた。

頬被りをしているので顔はよく見えないが、相手が自分よりやや小柄な体格であることに、青次は故もなく安堵した。

だが、安堵した次の瞬間――。

カッ、
閃く刃が、いきなり青次の左頬を掠めた。

（うわッ）

青次は辛くもかわしたが、すぐ次の攻撃が喉元を襲ってくる。

「死ね、売女《ばいた》ッ」

男は、手にした匕首《あいくち》で、闇雲に青次を突いてきた。

青次はたまらず、背後に退こうとして——だが、数日降り続いた雨のため泥濘《ぬかる》んだ土に足をとられた。

「わぁッ」

派手に滑ると、翻筋斗《もんどり》うってその場に倒れる。

倒れたこと自体は、青次にとっては幸運だった。もし転《こ》けるのがもう寸秒遅れたら、男の匕首は、確実に青次の胸を刺し貫いていただろう。男の突きはそれほど鋭く、かつ的確だった。

「た、助けて……」

尻餅をついたまま、泥の上を後ろへ後ろへと逃れながら、青次は夢中で口走った。

「死ねッ」

だが、倒れた青次に向かって、男は容赦なく刃を突き入れてきた。その切っ尖から逃れようと思ったら、地面を転がるしかない。青次は当然そうした。

なりふり構わず、地面を転がった。しかし男は、青次の転がる、その先を狙って、的確に得物《えもの》を突き入れる。

「痛《いて》ぇッ」

青次は叫んだ。匕首の尖が、青次の項《うなじ》を僅かに掠《かす》めたのだ。皮膚を裂かれる鋭い痛みが、脳天まで突き抜けた。

「痛ぇよッ」

最早《もはや》声色もなにもあったものではなく、地声で訴えていたが、男には聞こえていないのか、全く意に介さない。既に手拭いの頰被りは外れ、素顔が露出してしまっている。

露出した青白い素顔は存外整っているが、年の頃は四十がらみだ。

「死ねッ」

その満面を憎悪に染めて、男は青次の喉《のど》を突こうとしていた。優男《やさおとこ》の外見に似ぬ、まさに悪鬼の形相で。

(もう、駄目だ――)

青次が思わず目を閉じ、己の死を覚悟した瞬間――。

だが、男の動きがピタリと止まった。

「………」

男の口からは、苦しげな吐息が漏らされる。恐る恐る顔をあげると、手にした匕首ごと利き手を摑まれ、背後から羽交《はが》い締めされた男が、苦しげに藻搔《もが》いていた。

「おい、青次」

男を羽交い締めしながら、喜平次が傲然と命じる。

「いつまでぶっ倒れてんだよ。さっさと、この野郎の手から得物を取り上げるんだよ」

「え？　あ、ああ……」

青次は不得要領に肯きながら腰を上げ、身動きの自由を奪われた男の前に立つ。

「畜生、お前、男だったのか」

「ああ、悪かったな」

男があまりに悔しそうな顔をするので、青次はつい詫びの言葉を吐き、

「馬鹿野郎、なに謝《あやま》ってんだよッ」

忽ち、喜平次に怒鳴られた。

「早く、取り上げろ」

「ああ」

青次は仕方なく、震える男の手から、おそるおそる匕首を奪い取った。

「この野郎ッ」

得物を奪われ、無力と化した男を、喜平次は容赦なく締め上げる。

「ううっ」

男が苦しげに呻くのを、多少気の毒に思いながら、青次は見つめていた。

あやうく殺されかけたことさえ忘れて男に同情したのは、喜平次の容赦のなさを知るが故である。放っておいたら、絞め殺されてしまうかもしれない。

「兄貴、とにかく、話を聞いてみたら？」

「ああ、それもそうだな」

喜平次が腕を放すと、

「うわぁ〜ッ」

男は叫んで、その場にペタリと座り込んだ。

最早微塵《みじん》も抗《あらが》う様子がないのは神妙だが、

「畜生――ッ、二度も女騙《おんながた》りにだまされるなんてぇーッ」

その凄まじい大音声《だいおんじょう》に、喜平次も青次も、ともに閉口した。如何に深夜と雖《いえど》も、あまり騒げば、寝ずの番をしている木戸番小屋の番太などが駆けつけて来ぬとも限らない。

「やめろ、てめえ、騒ぐんじゃねえ」

喜平次は凄んでみせるが、男は一向怯《ひる》まない。いや、絶叫しながら大号泣しているのだから、一概に怯んでいないとは言いきれないが。

「い、いやだぁ〜、捕まりゃどうせ死罪と決まってるんだ。美人局《つつもたせ》の悪党に殺されるくらいなら、町方のお縄になって、獄門台にあがるほうがましだぁ〜ッ」

「つ、美人局だと？　だ、誰が、美人局だよ」

「美人局じゃないかぁ。それも、女騙りまでして……汚ぇよ」

「だ、誰が、女騙りの美人局だ、この野郎——ッ」

喜平次はいきり立ち、座り込んだ男の胸倉を摑んだが、

「こ、殺すのか！　殺すのかよッ！　あぁぁ〜ッ」

男は負けずに声を張り上げた。

喜平次はたまらず、男の鳩尾《みぞおち》へ一撃くれて悶絶させる。悶絶しつつも、だが男は、

「いいよ、殺せよッ」

矢継ぎ早に言葉を吐いた。吐いて吐いて、吐きまくった。

「どうせ死罪なんだから。いつ死んだって同じだよ。厳しいお取り調べやお白州に引

き出されたり、引きまわしや磔《はりつけ》もいやだ。…磔、怖いッ。……うぅ、畜生、あいつらに唆《そそのか》されて、毎日やるようになったから、こんなに早く捕まる羽目に……畜生、畜生ッ」

意味不明なことを、ブツブツと低く呟き続けた。既に目の焦点は合わず、訊かれたことにもろくに答えられそうにない。そんな男を、喜平次も青次も、暗然たる面持ちで見つめるしかなかった。

「こいつ、本当に下手人なんだよな？」

「おいらのことを殺そうとしたのは間違いないよ」

青次の答えは極めて慎重だ。

そして遂に、

「気の病だよ」

と、青次は断じた。

「気の病？」

「だって、とても正気には見えねえでしょ」

「まあな」

喜平次は改めて男を見た。

最前までの元気は何処へやら、男は空ろな目をして虚空《こくう》を見つめている。

「気の病を患ってる奴がひとを殺めたら、どうなるんだ？」

「さあ……気の病だろうがなんだろうが、人を殺したら、そりゃあ死罪でしょう」

「そうだよな」

青次の言葉に、喜平次は気を取り直した。

「とにかく、旦那のとこへ連れてかなきゃな」

後ろから帯を摑んで引き立たせようとしたが、男は腰が抜けたのか、容易には立ち上がらない。

「ちっ、しょうがねえな。青次、おめえもそっち側から支えてやんな」

「ええ〜ッ」

青次はあからさまにいやな顔をした。だが渋々手伝った。手伝わねば、また頭ごなしにどやしつけられるのがおちだった。

二

そこそこ名を知られた人気役者が夜鷹殺しの下手人であった、という衝撃の事実に、当然江戸中が騒然となった。

だが、それも少しの間のことで、どれほどの大事件であっても、ときが過ぎれば忘れられてしまう。そんなものだ。

(殺した相手が、同じくらい名を知られた人物なら、話は別なんだろうがな)

重蔵はその男——かつては江戸で一番の名女形《おやま》と言われたこともある中村《なかむら》梅蔵という役者の取り調べをおこないながら、そんなことを考えた。

「おめえ、名前は?」

喜平次と青次が捕らえてきたその男を、当初重蔵が番屋で下調べしようとしたときには既に、男は完全に正気を失っていた。

「あわあわあわ……」

口走る言葉——というより、音声は意味不明で、目の焦点も合っていない。

「本当にこいつが下手人なのか?」

重蔵は当然の疑問を喜平次に向けた。

「間違いありませんや。……なあ、青次?」

「ええ。この匕首で、おいらを刺そうとしたんですよ」

と青次は男が持っていた匕首を重蔵に渡した。

「それに、兄貴がぶん殴るまでは、捕まりゃどうせ死罪だとか、磔《はりつけ》が怖いとか、喚《わめ》いてたんですよ。下手人だからに決まってるでしょ」

「本当か？」

「嘘ついてどうすんですよ」

「ふうむ」

青次から渡された匕首と、だらしなくへたり込んだ男の姿を見くらべながら、重蔵は考え込んだ。下手人と思《おぼ》しき人物が正気を失っていた場合、どう取り扱うべきなのだろう。

「名前さえわからねえんじゃ、取り調べもできねえじゃねえか」

途方に暮れていたとき、木戸番小屋の番太が眠い目を擦りながらも起きてきて、その男をひと目見るなり、

「あ、梅蔵じゃねえですか！」

驚きの声を上げた。

「梅蔵って、役者の中村梅蔵か？」

「へえ」

「何故知っている？」

「あっしは、ここに来る前、森田座の弁当売りをしてましたんで……たまに、役者の楽屋にも弁当を届けることがあるんですよ。それで、素顔もよく知ってます」

「そうか」

半信半疑ながらも、翌日重蔵は、一座のほうに問い合わせてみた。すると、梅蔵とは最もつきあいの長い森田座の支配人という男がすっ飛んできて、本人に間違いないと証言した。次いで、このところ、毎晩のように夜遅く外出していた、とも証言した。

「驚きましたね」

吉村も喬之進も、ともに、二の句が継げぬ様子だった。

無理もない。重蔵とて同じ思いだった。

気の病を患いながらも、番屋から伝馬町の牢屋敷に移される際、さすがに不安になったのか、梅蔵は、

「やはり、死罪なんでしょうね？　磔ですか？　それとも、打ち首ですか？」

と、真顔で問うてきた。

「仕方ねえだろ。あんなに大勢殺しちまったんだから」

梅蔵の様子を注意深く観察しながら、重蔵は応えた。

「おめえ、なんだって、女を手にかけたりしたんだよ？」

「女って言っても、所詮売女ですよ」

梅蔵は口許を歪ませる。

「売女なんて、いくら殺したって、いいでしょう。あんな薄汚ねえ奴ら……」

口許を歪ませ、冷たく笑う梅蔵に、重蔵は容易《たやす》く圧倒された。

「売女だから、殺したのか？」

「そうですよ。薄汚ねえ女どもは皆殺しにするのが、世のため人のためってもんでしょう」

梅蔵の顔つきも口調もあくまで冷静で、到底正気を失った者のものとは思えなかった。

「殺すのは、薄汚ねえ女だけか？」

「………」

「いつから、殺してた？」

「そんなの、覚えてないわよ」

梅蔵の口調が、俄《にわか》に女っぽくなった。

「そうねぇ、三月《みつき》くらい前からだったかしら」

「三月くらいのあいだに、どれくらい殺したんだ？」

「ひと月に一人くらいよ」

「少ねえな」

「みんな、同じこと言うのよね。……毎日やったら、すぐにバレちゃうでしょ」

「じゃあ、どれくらいおきにやるんだ?」

「だから、ひと月よ」

「なんで、ひと月に一人なんだ?」

「ひと月はあけなきゃ。ひと月経てば、奉行所の月番も変わるし……」

「おめえ、そこまで承知してやがったのか」

「うひぇひぇひぇひぇ……」

梅蔵のだらしない笑い顔に、重蔵はゾッとした。

どこまでが正気で、どこからが狂気なのか、さっぱりわからない。或いは、はじめから正気なのか。

ともあれ、梅蔵の身柄は牢屋敷へ移された。牢内での取り調べの厳しさは、大番屋のときの比ではない。

牢屋敷では、吟味方与力が取り調べにあたり、奉行に提出するための最終的な調書を作るが、それは主に、重蔵以外の与力の仕事だ。重蔵がしょっちゅう外を出歩いてしまうため、仕方なく、他の与力たちがやってくれているのだ。

だが重蔵は、今回、自ら吟味方を買って出た。

もし梅蔵が気の病を装っているのだとしたら、なんとしても、それを暴かねばならない。

最も気になったのは、それまで月一の殺しで我慢していた梅蔵が、何故あるときから、殺しを毎日おこなうようになったか、ということだ。

（たしか、喜平次が言ってたな。二度も女騙りにだまされた、とか、あいつらに唆《そそのか》されて……と口走ってたとか。青次の前にも、夜鷹のふりをして梅蔵を欺いた奴がいたのか？　それが本当だとしたら、梅蔵はあるときから、何者かに唆されて殺しをしていたことになる。だが、一体、誰に？）

伝馬町に移ってからも、梅蔵に対する取り調べは困難を極めた。

拷問を恐れて、問われたことにはなんでも素直に答えるが、どこまでが本気か、さっぱりわからない。

「もう、いいから、早く打ち首にしてくださいよ〜」

と開き直ったかと思うと、

「獄門はいやだ〜、怖い」

と不意に泣きだす。支離滅裂《しりめつれつ》だった。

肝心の、彼に殺しを勧めた者についても、頑《がん》として答えようとしない。

「そいつに脅されてるのか？　喋ったら、ただじゃおかない、とでも脅されてるのか？」

「…………」

「一体なにを憚《はばか》ってんだ？　どうせおめえの死罪はもう決まったようなもんだ。今更なにを恐れる必要があるんだ？　そいつのことを洗いざらい正直に話せば、少しは罪が軽くなるかもしれねえんだぜ」

口を極めて重蔵は説いたが、梅蔵の反応は薄かった。空《うつ》ろな目を虚空に向けたきり、重蔵の顔を見ようともしない。

そのくせ、殺した女、一人一人については、実に克明に覚えている。

「先月、向島《むこうじま》の三囲稲荷の近くで殺した夜鷹ですか？　ああ、四十がらみの年増ですね。ええ、よく覚えてますよ。首を絞めてやったら、泣いて喜んでました。だって、いい年して、あんな商売、いやに決まってますよ。あの世にいけば、もう金輪際体《こんりんさい》を売ることもないんですからね。功徳《くどく》ってもんですよ」

「首を絞めて殺すのと、刃物で殺すのと、どっちが好きなんだ？」

「そりゃあ、首を絞めるほうがいいに決まってますわ。こうやって、手拭いを女の首にかけるでしょう。一気に右と左へ引くんですよ。本当は、素手で絞めたら、もっといいんでしょうけど、薄汚い夜鷹に、じかに触れるのはいやですからね。手拭いを使いました。……最初のうちは苦しがってジタバタ藻掻いてる女が、だんだんおとなしくなって、そのうちピクとも動かなくなるんですよ。……その、ギリギリのところが、たまらないんですよ」

「じゃあなんで、刃物使うようになったんだ？」

「そりゃ、刃物使うほうが楽ですから。ひと突きすれば、すぐ死にます」

「だがおめえは、じわじわ首を絞めてって、死ぬか死なないかそのギリギリのところがよかったんだろう。すぐに死んじまったら、面白くねえだろう？」

「ええ、そりゃあ、面白くはありません」

「じゃあなんで、刃物使うようになった？」

「だから、そのほうが楽だからですよ。女の首絞めるのも、結構な力が要るんですよ。……毎日となると、そりゃ、億劫《おっくう》で……」

「だから、なんで毎日殺すようになったんだ？　月に一度の殺しを、楽しんでたんじゃねえのか？」

「しょうがねえでしょう」

「だから、なんで？」

「わあぁぁ〜ッ」

漸く話が核心に触れようとすると、梅蔵は忽ち正気を失い、取り乱した。

「いやだぁ〜磔はいやだよぉ〜」

こうなるともう、どうにもならない。

取り調べに立ち合っていた書き役の年配の同心が、見かねて重蔵に声をかけた。

「戸部様」

「わかってるよ。今日はここまでだ」

重蔵は言い捨てて牢を出た。

取り調べは連日夜までかかってしまうため、外へ出ると、頭上には星明かりが煌《きらめ》いている。

（………）

そいつとすれ違った瞬間、重蔵の背筋は容易く凍った。

冷たい風が吹き抜けたのかと錯覚したほど、その気配はひそやかで、文字どおり、目にもとまらぬ身ごなしだった。

この季節、如何に夜間とはいえ、真冬の如き風の吹く筈もない。それ故、

（こいつ――）

重蔵は確信した。それが、いつぞやの尾行の男だということを。

それ故反射的に足を止めた。

そして振り向くと同時に、重蔵は大きく飛び退《すさ》っている。

シャッ、

白刃が、彼の頭上めがけて鋭く振り下ろされたからにほかならない。すれ違った男が振り向きざま、抜き打ちに斬りつけてきた。

だから、飛び退ったときには、己の刀の鯉口《こいぐち》を切っていた。

「やめときな」

無駄と承知の上で、一応重蔵は言ってみた。

「これでも俺は、奉行所の与力だ。その命を狙ったとあれば、ただじゃすまねえぜ」

もとより、そんなことで怯む相手ではあるまい。

先日尾行して、重蔵が何処の誰なのか、承知の上で襲ってきたのだ。無駄と承知で

わざわざ口に出したのは、或いは、相手がつられて、少しでも声を出してくれるのを期待してのことだ。それと、少しでも動揺を誘えれば儲けもの、くらいの気持ちだった。

期待はしていないが、全く効果がみられないことで、重蔵のほうが落胆した。

そこへ、切っ尖――。

音もなく繰り出され、刃風が少しく重蔵の頬を掠める。

「………」

声にはならない気合いとともに、重蔵はその刃を鍔元《つばもと》で撥《は》ねた。

ガッ、

瞬間激しく火花が飛び散る。

ここまで間近に、互いに間合いの中にいながら、相手の顔は全く見えない。

敵が、月の明かりを背にしているため、完全に翳《かげ》っているのだ。

(畜生、せめて面《ツラ》くれえ、見せやがれ)

重蔵は相手の顔が見たくて、体の位置を変えようとするが、それに合わせて、敵も巧みに変えてくる。

すべて計算した上で月明かりを背負っているとしたら、相当手強い敵だ。

ガンッ、

一旦は退いた刃を、そいつは再び大上段に翳《かざ》し、叩きつける勢いで振り下ろしてくる。

その場で受け止め、何合か打ち合いながら、重蔵はそのまま小さく後退った。

ガッ、

と再び、青白い火花が周囲に散った。重蔵は、わざと相手の刃を受け止めている。まともに打ち合うことで、相手の流派をさぐっていた。

（こいつ、まさか同門か？）

同門であれば、数合打ち合っただけでなんとなく察する。重蔵が直感だけではなく、そう察したのも、歴とした理由があってのことだった。だが。

ぎゅんッ、

敵は重蔵の刀を大きく薙《な》ぐとともに、強く地を蹴って後退った。

はじめての後退だった。

「待て」

重蔵はすかさず呼び止めた。

「貴様、心形刀流だな」

そのとき、物言わぬ黒い影が、僅かに動揺したかに見えた。

「俺と同門だ」

己の正体を隠そうとする者は、ほんの少しでも、自分についての情報が漏れることを嫌う。案の定、そいつは狼狽《ろうばい》し、自ら刀を退いた。刀を退くと同時に自らも退き、間合いから逃れたところで踵《きびす》を返すと、あとは韋駄天《いだてん》の如き足の速さで走り去った。

(なんだったんだ)

その後ろ姿を、重蔵は憮然として見送った。正直、複数の敵から襲われるより、ずっと胆《きも》が冷えた。たった一人の敵に対してそんな思いをさせられたことが、腹立たしくて仕方なかった。

三

浅草川沿いの馴染みの蕎麦屋で腹を満たしたあと重蔵は大川橋を渡り、向かうともなく御厩河岸へ向かった。

ぼんやり考え事をしながら歩けば、どうしても人波の流れに順《したが》いがちになる。今日も重苦しげな曇天ながら、雲が揺らいで時折薄陽が射すのを、重蔵は心地よく感じていた。

（そういや、青次の奴は、まだお香の顔見たさに日参してんのかな）

思うともなく思ったとき、ふと前方に人集《ひとだか》りがしていることに気づいた。

（なんだ？　また、和泉屋が騒ぎを起こしてんのか？）

やや足早に近づいて行くと、意外や店は閉まっている。

閉ざされた板戸には、たった一言、「故あって、店じまいいたします」と、流麗な女文字でしたためられた紙が貼られていた。

「店じまいだぁ？」

重蔵は思わず声を上げた。

「早い話が、夜逃げですよ」

背後から声をかけられ、

「夜逃げだと？　和泉屋が、か？」

振り向きもせずに、重蔵は問い返した。相手が誰なのか、振り向いて確認せずともわかっていたからだ。

「なんでも、もうじき蔵奉行の吟味が入る手筈になってたそうですよ」

「蔵奉行の？」

「ええ、それで不正が見つかれば、最悪で闕所《けっしょ》、よくて相当重い過料を科せられることはわかりきってましたからね」

「それで、吟味される前に、夜逃げしちまったってのか？」

「まあ、そういうことでしょう。株仲間が解散になったってのに、和泉屋の奴、相変わらず、旨い商売は独占してたし、べらぼうな利子をふっかけてぼろ儲けしてましたからね、吟味なんかされたら、それこそ命取りでしたよ」

「詳しいな、権八？」

到底信じ難い気持ちで問い返しながら、重蔵は漸く権八を顧みた。

「いえ、その……あっしも、目明かし仲間から聞いた話なんですけどね」

手先の文吉《ぶんきち》を背後に従えた権八は、重蔵の問いかけに少しく苦笑する。

「なるほどなぁ」

重蔵は考え込み、しばし考えてから、

「だが、和泉屋の不正など、いまにはじまったことじゃない。なのに、なんだって急に明るみに出て、蔵奉行の吟味をうけることになったんだ？……和泉屋のことだ、めぼしいあたりへは、たっぷりと鼻薬《はなぐすり》をきかせてあったろうに」

思いついた疑問を権八にぶつけた。

「それが、たれ込みがあったようなんですよ」

「たれ込み？」

「ええ、それも、勘定奉行さまの許へ、直々《じきじき》に――」

「なに、勘定奉行の許に？」

重蔵はまたしてもあきれるほどに驚いたが、考えてみれば蔵奉行は勘定奉行の配下であるから、当然と言えば当然のことだった。

武家の暮らしを直接左右する札差のような商売は、通常の商人とは一線を画している。そのため、仮に不正や悪事が明るみに出ても、町方風情が容易に介入することは難しい。その裁きは専《もっぱ》ら、勘定奉行配下・蔵奉行、或いは大目付配下・闕所《けっしょ》物奉行の下におこなわれることになる。それ故、勘定奉行にたれ込むというのは、実に理にかなった方策だった。

（一体何処の誰が？）

勘定奉行にたれ込んだのか。

重蔵には、それが気になって仕方なかった。

おそらくは和泉屋に恨みをもつ者か、彼を快く思わぬ者の仕業に相違ない。だが和泉屋は吟味を受ける前に夜逃げした。それは即ち、密告された不正を肯定する行為にほかならなかった。

悪賢い和泉屋らしくもない、軽はずみなおこないだ、と重蔵は思った。逃げても問題が解決しないのは勿論、或いは最悪の結末を迎えぬとも限らない。和泉屋ほどの財力と悪知恵があれば、もっと他の方法があったのではないか。

それでも敢《あ》えて逃げたのだとすれば、

（逃げるしか、なかったからだ）

ということに、そこまで考えてやっと、重蔵は思い至った。

株仲間の特権を失った和泉屋は、資金源の一つを失うとともに、頼りにしていた後ろ盾をも失った。おそらくそれは、和泉屋のような人間にとって致命的なことなのだろう。

そこまで理解したとき、重蔵はふと、一人の人物を想起した。その人物が本気になれば、和泉屋一人を葬り去るくらい、造作もないに違いない。

（そりゃ、逃げるしかねえな）

うっかり納得しかけて――だが重蔵は、自分の手で和泉屋の悪事を暴き、お縄にできなったことを、改めて口惜しく思った。

「どうした、喜平次よ、浮かねえ顔して」

温めたばかりの一合徳利と湯気のたつ煮物の小鉢を彼の前に並べながら、珍しく虎《とら》二郎《じろう》が問うてきた。

「え？」

だから喜平次は、ちょっと驚いて、虎二郎の顔を見返した。つきあいは長い。喜平次が、《旋毛》の喜平次などと呼ばれ、夜な夜な江戸のまちを騒がせていた頃から、喜平次は虎二郎を知っている。勿論、《燕《つばめ》》の虎二郎という二つ名で、盗っ人一味を率いていた頃の虎二郎を――。

「おめえが捕まえた夜鷹殺しの下手人、明日には打ち首になるんだろ」

「ええ、まあ」

「だったら、もっと喜んでいいんじゃねえのかい？」

「喜んでるよ」

喜平次は答えた。

「どこがだよ？」

虎二郎は苦笑しつつ、喜平次の前にやおら腰を下ろした。徳利の首を無造作につまんで、喜平次の手にした猪口に注ぎかける。

「いまにも、世を儚《はかな》んで大川に身投げしそうな面してるぜ」

と虎二郎から指摘され、喜平次は困惑した。

「そんなことねえよ」

注がれた酒を飲み干しざまに、

「喜んでるよ」

喜平次は言い、更に手酌で二〜三杯あおった。

「喜んでるに決まってんだろ。これで、夜鷹たちも、枕を高くして眠れるんだからよう」

勢い込んで言ったものの、喜平次の顔が少しも嬉しそうでないことくらい、虎二郎にはお見通しだった。

「そうかい」

しびれるような低音の掠《かす》れ声で言ったきり、虎二郎は厨《くりや》へ引っ込んだ。引っ込み際、

「どうでもいいが、飲みすぎるなよ」

背中から、言い捨てた。

「なに言いやがる。飲みすぎるほどの酒なんざ、出しやがらねえくせに……」

あえて憎々しい口調で言い返すつもりが、途中から、不覚にも声が震えた。

　このとき、喜平次の胸にこみ上げたものの正体は、喜平次自身にもよくわからなかった。

（なんでだよ？）

　自問するが、答えは出ない。

　いや、本当ははじめからわかっていたのだ。

　たとえ下手人を捕らえたとしても、喜平次が、夜鷹のおのぶを見殺しにしたという過去は消えない。わかっていたはずなのに、喜平次はそこになにかを期待していた。

「おめえ、まさか、下手人を捕まえたら、殺された夜鷹たちが浮かばれるなんて思ってたんじゃねえだろうな」

　昨日お京の家で飲んでいるとき、重蔵に言われて内心ギョッとした。

「どんなに供養しようが仇を討とうが、殺された者が浮かばれるなんてことは、金輪際ねえんだよ」

「そんな……」

《仏》の重蔵とも思えぬ無慈悲な言葉に、喜平次は茫然とした。

「だから、大切なひとは、なんとしてでも護り抜かなきゃいけねえんだよ。……殺されちまったら、一生そのことを抱えていくしかねえ。殺された者が浮かばれるなんてことはねえんだよ」

「旦那」

呆気にとられる喜平次に救いの言葉をかけることもなく重蔵は帰って行った。

彼が帰ってからしばらくして、

「旦那も昔、大切なひとを死なせちまったんだね」

しみじみとした口調でお京が言った。

「え？」

その意外な言葉が、再び喜平次を驚かせた。

「そうなのか？」

「そうじゃなきゃ、優しい旦那があんなこと言うわけないじゃないか。あれは、あんたじゃなくて、自分に向けた言葉なんだよ」

「…………」

「そう思えば、旦那がいまだに独り身なのもうなずけるってもんだろう」

「なるほどなぁ、そういうことか」

お京の言葉に納得しながら、喜平次は己の迂闊《うかつ》さを密かに恥じた。

重蔵は、喜平次のことを密偵として重宝しながらも、ちゃんと人並みに扱ってくれている。なのに自分は、重蔵にもお役目以外の私生活があるなどということを、夢にも考えたことがなかった。当然、何故彼が妻《めと》を娶らぬのか、ということも。

(旦那に比べたら、俺はやっぱりクズだな)

喜平次は自嘲した。

大切なひとを死なせてしまった重蔵は、未だその女を忘れることができず、いまも独りでいる。喜平次は、おのぶが死んだ当初こそは多少落ち込んだものの、その後潤沢に稼げるようになると迷わず女郎屋に通ったし、あろうことか、女に惚れた。

お京と懇《ねんご》ろになってからも、おのぶに対する罪悪感は微塵も感じなかった。ただ時折、若い頃に自分を助けてくれた女がいた、と思い出す程度だった。今回、夜鷹殺しの一件がなければ、喜平次は、彼女との出会いや別れを、克明に思い出すこともなかっただろう。思い出しもせず、お京との幸福な日々を愉しんでいたに違いない。

喜平次が浮かない顔をしていた理由の大半は、そんなところだった。

もとより、虎二郎爺はそんなことを知らない。知らぬまま、しばらくすると、又新しい燗徳利と肴を運んできてくれた。

「そういやぁ、晋三の姿が見えねえけど、まさか、逃げちまったんじゃねえだろうな？」

その虎二郎に、殊更声を張りあげて喜平次は問うた。しんみりした気分を、自ら追い払おうとするが故だった。

「ああ、そういや、いねえな」

虎二郎はまるで、いまはじめて気づいたかのような顔をした。

「あの野郎、使いに出したら最後、一刻は戻ってこねえんだ」

「本当かよ、親爺さん！」

「目くじら立てんな、喜平次。ああいう奴ぁ、頭ごなしに締めつけてもしょうがねえんだよ」

「すまねえ、親爺さん」

喜平次は素直に詫びた。

「面倒くせぇ野郎を押しつけちまって――」

「なんでぇ、今更」

虎二郎は喉奥で低く忍び笑った。

「面倒くせぇ野郎の世話なんざ、誰も焼かねえよ」

胴震いしそうな笑顔とその笑い声に、束の間喜平次は凍りついた。正真正銘、悪党の声音だと思った。だが、いまは、それが妙に、耳に心地よかった。

四

「刑部《ぎょうぶ》、そこにおるのか？」

「はい」

「例の役者、なんと言ったかな？」

「梅蔵でございます」

襖の外からではあるが、ほぼ間髪おかずに返答があった。

「そうそう、梅蔵。……梅蔵は、町方に捕らえられたのだったな？」

鳥居耀蔵は、書見台の書物から視線を外すことなく、まるで他人事《ひとごと》のように醒めた口調で問うた。

「はい、明日には市中引き廻しの上獄門だそうでございます」

襖一枚隔てた隣室に控える男は、閻魔のように厳めしいその顔を伏せ、平伏したきり、ピクリともしない。

「使えぬのう。もう少し、やってくれるかと思うたがのう」

「しかし、梅蔵が派手にやってくれたおかげで、恐れて江戸から出奔した夜鷹も相当いたようですから、江戸にいる夜鷹の数を減らすという目的は果たせたのではないかと……」

「言い訳か。……そなたらしゅうもないのう、刑部——」

「も、申し訳ございませんッ」

襖の前で、刑部——岸谷《きしたに》刑部は一層畏《かしこ》まり、深く深く平伏する。

その様子が見えているわけでもあるまいに、鳥居はふと書面から顔をあげ、微笑んだ。

「まあ、よい」

襖に描かれた鳳凰《ほうおう》の絵を、しばし見つめる。

「夜鷹殺しの下手人は、夜鷹を快く思わぬ者であり、夜鷹を殺すことで、江戸から夜鷹を根絶やしにする、というご老中のお考えに賛同する者にございます。それを捕え、処刑した町奉行は、ご老中の政策を批判していると言わねばなりません。……とでも、言っておけばよい。ご老中は、なにも疑わぬであろうが」

襖の絵を見つめたまま低く含み笑いながら、鳥居耀蔵はさらりと言い放つ。

微笑んだままの顔で、不意に手を伸ばして、傍《かたわ》らの襖を開けた。

刑部は、平伏したまま微動だにせず、そこに控えている。

代々鳥居家に仕える家臣ではなく、耀蔵が鳥居家の婿養子に入ってから、その腕を見込んで召し抱えた者だ。耀蔵を余所者《よそもの》扱いする居心地の悪い鳥居家の中にあって、唯一気を許せる、腹心中の腹心といっていい。

それ故刑部が、その厳めしい外貌の下に、どのような野心を秘めているかは、もとよりすっかりお見通しである。

「ところで、戸部重蔵には会ったか？」

「《仏》の重蔵でございますか」

顔は伏せたままだが、その心の動きは、鳥居には手に取るようにわかる。

そのとき刑部の口辺には一瞬不敵な笑みが滲み、すぐに消えた。あとは紙のような無表情である。だがその胸中には、怒りとも可笑しみともつかぬ名状しがたい感情が興っているのであろう。

膝の前にきちんと揃えられた両の拳が、微《かす》かに震えていた。

「腕は、おそらく互角かと――」

「互角か」

「ですが、ご命令とあれば、一命に代えましても、必ずや討ち果たして――」

「待て、待て」

鳥居は慌てて遮った。

刑部のその血相と語気の荒さには、さすがに苦笑する。

「誰も、戸部を討てなどとは言っておらぬぞ、刑部」

「………」

「それどころか、これからは仲良くしてもらわねば困る」

「え?」

声には出さぬが、俯けたままの刑部の顔が戸惑いに染まっているであろうことも、当然鳥居にはお見通しだ。

「儂はもうすぐ南町奉行になる」

「御意」

「そのとき、戸部には——《仏》の重蔵には大いに働いてもらわねばならぬ。この儂のために、な」

「………」

「戸部はなかなか有能な男だそうだ。火盗あがり故、腕もたつ。だからこそ、無役の出ながら、与力に抜擢された」

「御前はよくご存知ですね」

チラッと目を上げた刑部を鋭く見返し、

「当たり前だ」

ニコリともせずに鳥居は言った。刑部はあくまで、使い勝手のよい手駒だ。手駒が主人の気持ちを忖度《そんたく》する必要はない。

刑部は鳥居の意を敏感に察し、気まずげに目を伏せた。

「儂が奉行となったときには、矢部の息がかかった輩は一掃しておかねばならん。調べさせたが、どうやら戸部は、矢部とはそれほど親しくないらしい」

「ですが、剣は同門でございます」

「お前もな、刑部」

「それがしは……」

「ああ、わかっておる。お前は所詮亜流だ」

「…………」

「不満そうだな」

「いいえ、断じて、そのような……」

刑部は慌てて言い募るが、鳥居の視線は既に刑部の上から、書見台の書物へと戻っている。

「戸部は、多少は使える男かもしれぬが、そのあだ名どおりの人柄だとすれば、少々甘いところもあるのだろう。その甘さを、そのほうが補うのだ、刑部」

鳥居はいつもどおりの優しげな表情で書面を見つめ、指先に頁を繰った。

口許が淡く弛み、一見穏やかな笑みを浮かべているかに見えるが、実はこの男がそういう顔つきでいるときこそ、最も剣呑なのだということを、長いつきあいの中で、刑部は知り抜いている。だから内心、兢々《きょうきょう》としていた。

「それ故、お前は戸部と仲良くせねばならぬ。できれば、胸襟《きょうきん》を開くような間柄《あいだがら》となれ」

「はい」

素直に応えつつ、

(冗談ではない！)

と思っていよう内心を、鳥居の目から隠しおおせたか、刑部には自信がなかった。

もとより鳥居にはすべてお見通しである。

「間違っても、命を奪おうなどと、思ってはならんぞ」

表情を変えぬまま、鳥居は低く口中に忍び笑った。

「欲しい物を手に入れようと思ったら、焦りは禁物だぞ、刑部。焦ってことを急《せ》いては、永久に手に入らぬことになる」

「はい」

「それはいやだろう?」

「はい」

「少々回り道をしても、確実に手に入れることが肝要だ。回り道をしても、な」

鳥居の言葉は、刑部に対して、というより、自分自身に言い聞かせたものかもしれない。鳥居の目に、刑部の心の中がお見通しであるように、刑部もまた、主人の心の中を、ある程度は見透かすことができる。但し、そんなそぶりはおくびにも出さぬよう、細心の注意を払っているが。

五

ぱん!

最初の一撃は、お互い、挨拶がわりの青眼《せいがん》からの撃ち込みだった。

当然、互いの頭上で真っ向から竹刀《しない》がぶつかり合い、すぐに飛び退《すさ》って離れる。

竹刀同士だというのに、手首にジン、と鋭い痺れがくるほどの強い撃ちだ。

（これだ！）
その痺れが、重蔵に、かつて夢中で竹刀を振るっていた頃の記憶を呼び覚まさせた。
それは、相手にとっても同様だったのだろう。
一瞬の間をおいて、
ぱん、
ぱん、
と、申し合わせたような間合いで竹刀を合わせた。勿論、ぶつけ合う、という表現のほうが相応《ふさわ》しい、激しい撃ち方で。
一瞬でも呼吸がすれ違えば、どちらかの竹刀が、どちらかの面を直撃する。勿論、面を狙っているのだ。だが、ほぼ同じ呼吸で撃ち込んでいるため、互いの正面で、竹刀同士が激突することになる。骨の随まで痺れるような衝撃と、その緊張感がたまらない。
緊張感と、久々に味わう竹刀の感触を存分に楽しんでから、重蔵は無意識に構えを変える。挨拶はここまで、ここからは真剣勝負ですよ、という彼らにとっての合図である。

すると忽ち、中途半端に繰り出した突きの出籠手《でごて》を、すかさず、
びしぃッ、
と撃たれ、あやうく竹刀を取り落としそうになる。
（くそッ）
その撃ちのあまりの強さに重蔵はカッとなり、
ばしッ、ばしッ、ばしッ、
と、立て続けに激しく撃ち返した。隙のない正確な撃ち込みに、相手も受けにまわるしかない。
攻勢にたったことですっかり図に乗り、ガンガン撃ち込んでゆくが、そんな攻撃のあいだにも、出籠手、抜き胴、と何度も鋭い撃ちを食らった。
重蔵が一つ仕掛けるあいだに、相手は素早く二度の攻撃を放ってくる。その太刀筋の鋭さには、微塵の狂いもなかった。
何度も撃ち込まれて些か心が萎えた重蔵は、そこからはもう無闇に仕掛けず、相手と呼吸を合わせることに終始した。
呼吸を合わせ、ひたすら規則正しく、竹刀を撃ち合わせる。
ぱん、

ぱん、

ぱん、

ぱんッ、

綺麗な竹刀音をたてて撃ち合いを続けるためには、同じ力、同じ技量が要る。それと、呼吸。それが少しでも食い違えば、小気味よい撃ち合いを続けることはできない。

勝負をつけることが目的でない以上、少しでも長く、この小気味よい、幸福な撃ち合いを続けたい、と思うのは当然だった。だから重蔵は、年齢不相応な張りきり方で、若者のようにきびきびと動き続けた。まるで、三十年前の自分に戻ったかのように。

だが、

ぱぁ——んッ！

遂には、まるで両国の川開きの花火かと思うような音をたて、重蔵の竹刀は道場の隅まで撥ね跳ばされた。

「参りました」

重蔵は素直に認めた。完全に、息が切れていた。だが、

「まだまだ」

相手の目が明るく笑っていた。これだけ激しく撃ち合ったというのに、相手はろく

に汗もかいていない。

（化け物か？）

正直言って、逃げ出したかった。

「来い、信三郎ッ」

その名で呼ばれ、叱責されると、体が自然に動いてしまった。

竹刀を拾い、再び彼に立ち向かっていた。


「もう、ご容赦を……」

心の底からの懇願だった。

半刻後、重蔵は道場の床にだらしなくへたり込んでいた。

「だらしがないぞ」

殆ど息も乱さずに、矢部は言った。へたり込んだ重蔵の頭上に、傲然《ごうぜん》佇《たたず》んでいる。

見上げたその顔は、まるで十代の少年のように得意気だった。

「彦五郎兄にはかないませんよ」

些《いささ》か不貞腐《ふてくさ》れて重蔵が言うと、

「相変わらず、馬鹿だな、お前は」

矢部は鼻先で笑い飛ばした。

「ちょっと撃ち込まれると、すぐむきになって突っ込んでくる。……まるで、猪《いのしし》だ」

「されど、剣術とは、そもそも、そういうものでしょう。仕掛けられて撃ち込まねば、勝負にはなりません」

不満げに口を尖らせて重蔵は言い返した。彼もまた、すっかり少年の口調に戻っている。

「確かに……」

矢部は更に声をあげて笑い、その明るさが重蔵を困惑させた。

——明日、卯《う》の刻（明六ツ）、道場に来い、
と、昨日奉行所からの帰り際、矢部からコソッと告げられた。

「何処の道場ですか？」

と聞き返すまでもなかった。

彼らにとって道場といえば、下谷御徒町の練武館にほかならなかったからだ。

矢部は、おそらく事前に、伊庭家と話をつけていたのだろう。早朝だというのに道場は開いていた。

戸惑いながらも、重蔵は面籠手をつけて、道場に出た。

一体いつからそうして端座していたのだろう。重蔵と同様、稽古着に防具をつけた者が、道場の中央に、静かに座していた。

「遅いぞ、武蔵」

戯《ふざ》けた口調で言われたのが、せめてもの救いだった。

重蔵は無言で一礼し、そしてゆっくりと竹刀を合わせた。

もしこれが真剣勝負であれば、重蔵とてきっちりと体力配分をし、無闇と仕掛けるような真似はしなかったろう。竹刀で撃ち合うのだと思った瞬間から、心が悪童の時代に戻ってしまった。悪童に戻って、遊びたくなった。こんな楽しい遊びは、滅多にない。

存分に遊んで、重蔵はすっかり遊び疲れたが、相手の矢部はそうでもないのか。

「お前は馬鹿だ」

と言われると、毎日のようにそう言われていた頃のことを容易く思い出し、重蔵は少しくいやな気持ちになった。

「どうせ、俺は馬鹿ですよ」

「そう、拗《す》ねるな」

宥《なだ》めるように矢部は言った。

「別に、拗ねてなんかいませんよ」

「つきあわせて、すまなかったな」

「え？」

重蔵は驚いて矢部の顔を見返した。多少落ち度があったとしても、容易に頭を下げるような男ではない。それが、たかが戯《ざ》れ言一つに、こんなにあっさり、詫びるのか。

「どうなさいました？」

重蔵は矢部に問うた。彼の身に、なにか深刻な問題が発生していることは間違いない。何事もなくて、多忙な矢部が重蔵を道場に誘うわけがない。

「なにか、それがしにできることがあれば」

「ある筈がなかろう、そのほうごときに——」

遠慮がちに言いかけるのを、食い気味に、そしてにべもなく否定された。

「駿河守さま」

「ここでは、彦五郎でよい、信三郎」

（え？）

存外優しい声音で言われて、重蔵は戸惑った。そのため、しばし気まずい沈黙が流れた。

しばし後《のち》、

「そうだなぁ。お前がどうしても俺の願いをかなえたい、と言うのなら――」

たっぷりと気を持たせながら、矢部は言いかけた。

「はい？」

やや身を乗り出し気味に、重蔵は問い返す。

「俺ぁ、お前の使ってる密偵たちに、一度は会ってみたかった」

「密偵に、でございますか？」

「ああ、会ってみたい。……《旋毛》の喜平次だったか？　火盗の頃に召し捕らえた」

「はい」

「それと……なんと言ったかな、《野ざらし》一味にいた、巾着切《きんちゃくき》りの坊や」

「《拳《こぶし》》の青次」

「おお、そうじゃ、《拳》の青次。その青次にも、会いたいのう」

「会って、どうするのです？」

「教えてやろうと思ってな」

「なにをです？」

「《仏》の重蔵の、本当の意味をだよ」

「彦五郎兄！」

重蔵は驚き、思わず声を荒げた。

「お戯《たわむ》れは大概になさいませ」

「なにが戯れなものか。……皆の思い違いを質《ただ》してやるのは大切なことだ」

「彦五郎兄ッ」

もう一度声を荒げてから、だが重蔵は、矢部の表情が存外明るいということに漸く気づいた。

「俺のことは心配せずともよい、信三郎」

「………」

「以前、俺が言ったことを覚えているか？」

「彦五郎兄が南町奉行となっても、決して馴れ馴れしくするな、ということですか」

少し考えてから重蔵が言うと、

「覚えているなら、それでいい」

矢部は満足げな微笑をみせた。

まさかそれが、今生《こんじょう》で最後に見た、矢部の心からの笑顔であるなどとは夢にも思わぬ重蔵は、すっかり安心してしまった。のちに、そんな己を激しく悔いることになるとも知らずに――。

※　※　※

「煮穴子《にあなご》はまだあるか？」

暖簾《のれん》をくぐって店の中を覗くなり、重蔵は新吉に問うた。

「はい、ございます」

と反射的に応えてから、

「いらっしゃいませ」

ちょうど、客に酒を運んできた新吉は、今夜も満面の笑顔で迎えてくれる。

店の中は今夜もほぼ満席で、一番奥の小上がりだけが空いていた。いつ来ても、どんなに混んでいても、そこだけは必ず空いている。重蔵は迷わずそこへ向かう。元々彼の指定席だ。

「酒は冷やでいいから、とりあえず二合くれ」

男ばかりだ。


「へい、ただいまッ」

小気味よい返事をして、新吉は厨へ引っ込んで行く。

まだ時刻が早いせいか、殆どの客が飯を食っている。皆、職人風の若い男ばかりだ。

「お待たせしました」

と言うほどのときは要さず、ほどなく新吉が酒と肴を運んでくる。

「飯時なのに、すまねえな」

「とんでもねぇです。今夜あたり、信さんが来るかもしれないからって、穴子もとっておいたんですよ」

「おめえ、すっかり口がうまくなったなぁ」

「本当ですよ。いえ、本当は、お悠姉ちゃんが教えてくれたんですけどね」

「お悠が？」

「ええ、信さんがうちにいらっしゃるときはいつも、お悠姉ちゃんが、『今夜あたり、信さんが来るかもしれないから、穴子と鱈《たら》をとっておいてね』って、教えてくれるんです」

訝《いぶか》る重蔵に向かって得意気に言う新吉の痩せた顔に、じっと見入る。

（こいつにも、お悠が見えるのか）

と思うと些か癪《しやく》に障《さわ》るが、それを否定する気にはなれなかった。否定すれば、重蔵が見ているお悠の幻も否定しなければならなくなる。

(そういうことも、あるのだろう)

重蔵は、己をそう納得させた。強い気持ちを抱いていれば、死者の姿を見ることもできるし、その言葉を聞くこともできる。きっと、そういうことなのだ、と。

「そうそう、その昆布《こんぶ》鱈もらおうか」

手酌で注いで飲みはじめながら、重蔵は更に注文した。

「はい」

新吉は直ちに厨へ引っ込む。

金輪際来ない、と決めていたくせに、結局、重蔵は、その後も何度か、新吉の店を訪れていた。下谷の道場へ寄ったあと、無意識に足が向いてしまう。気がつけば店の前にいて、暖簾をくぐってしまう。

(変わらねえ)

店の中を、ぐるりと一瞥してから、重蔵はまた数杯、手酌で呷《あお》った。

(お悠がいた頃と、何一つ変わっちゃいねえ)

それが重蔵には気に入らない。何一つ変わらぬ店の中に、お悠だけがいない。

（なんで、あのとき……）

　そしてまた、重蔵は激しく己を悔い、かつ責めた。

道場で最後に矢部と稽古したあと、何故この店に彼を誘わなかったのか。

早朝ではあったが、新吉は店の二階に寝泊まりしているのだ。叩き起こせば、喜んで迎えてくれただろう。肴などなにもなくても、もう一度矢部と酒が酌《く》めたら、それで満足だった。遠い昔、稽古のあとで必ずこの店に立ち寄っていたことを懐かしみながら酒が酌めたら、それで充分満足だった筈だ。おそらく、矢部も——。

なのに重蔵は、あのときそうしなかった。早朝であり、そのあと通常の勤めがある、ということを理由に、あの日矢部とは道場で別れ、そのまま八丁堀の自宅へ戻った。井戸端で汗ばんだ体を洗い流し、ひと寝入りした後普通に出仕した。

　その後は矢部の言いつけどおりに、殊更馴れ馴れしくすることなく、淡々と日々を過ごした。あの稽古が、矢部との別れであったことを重蔵が理解したのは、その年の暮れに矢部が奉行職を罷免されてからのことである。辞職でなく罷免である。このときから矢部は、罪なくして罪人となった。

　何者かが、老中に讒言《ざんげん》したせいだ、という噂もあった。その何者かが誰であるかは想像に難くない。由来、蝮の毒というものは、あとをひくものなのだ。

（俺は、馬鹿だ）

自嘲するほどに悲しみがこみ上げ、重蔵はただ酒を呷《あお》るしかなかった。

年が明けて、自邸に蟄居《ちっきょ》していた矢部の処遇が、伊勢桑名《いせくわな》藩へのお預け、と決まった。当主が他家へお預けの身になるということは、事実上のお取り潰しだ。矢部は、金輪際政界に返り咲くことはできないだろう。身分に相応《ふさわ》しい職を得られぬ、ということは、武士にとっては死にも等しい。だが、

（それでも、生きててくれよ、彦五郎兄）

重蔵は願った。

己の無力を嘆きつつ、重蔵はひたすら願った。

生きてさえいれば、再び見《まみ》えることもできる。互いに、生きて言葉を交わし、喜びを分かち、酒でも酌めれば充分だ、と重蔵は思った。

（そうだろう、お悠？）

問いかけつつ、重蔵はふと顔をあげ、あの当時と何一つ変わらぬ土色の壁を見た。

そこに、お悠が佇んでいて、

「ええ、そのとおりですよ」

と微笑んでくれることを期待して。

時代小説
二見時代小説文庫

修羅《しゅら》の剣《けん》 与力《よりき》・仏《ほとけ》の重蔵《じゅうぞう》4

著者 藤《ふじ》 水名子《みなこ》

発行所 株式会社 二見書房
東京都千代田区三崎町二―一八―一一
電話 〇三―三五一五―二三一一［営業］
〇三―三五一五―二三一三［編集］
振替 〇〇一七〇―四―二六三九

印刷 株式会社 堀内印刷所
製本 ナショナル製本協同組合

落丁・乱丁本はお取り替えいたします。
定価は、カバーに表示してあります。

 ISBN978−4−576−15012−3
http://www.futami.co.jp/